Wilhelm   Raabe

Meister Autor

Die Geschichten vom versunkenen Garten

Wilhelm   Raabe

Meister Autor
Die Geschichten vom versunkenen Garten

ISBN/EAN: 9783337355074

Hergestellt in Europa, USA, Kanada, Australien, Japan

Cover: Foto ©Andreas Hilbeck / pixelio.de

Weitere Bücher finden Sie auf **www.hansebooks.com**

Wilhelm Raabe
Bücherei
Erste Reihe:
Kleinere Erzählungen

Vierzehnter Band

Berlin-Grunewald
Verlagsanstalt für Litteratur und
Kunst/Hermann Klemm

Wilhelm Raabe
Meister Autor
oder
Die Geschichten vom versunkenen Garten

Dritte Auflage
11.-16. Tausend

Berlin-Grunewald
Verlagsanstalt für Litteratur und
Kunst/Hermann Klemm

Gedruckt bei G. Kreysing in Leipzig
Einbandzeichnung entworfen von Bernhard Lorenz
Den Einband fertigte H. Fikentscher in Leipzig

Meister Autor
oder
Die Geschichten vom versunkenen Garten

Erstes Kapitel.

Wann und unter welchen Umständen der Meister
Kunemund den Ausspruch tat, weiß ich nicht mehr; aber
daß er ihn tat, weiß ich.

Er sagte nämlich:

»Ich verstehe die Welt wohl noch, aber sie versteht mich
nicht mehr, und so werden wir wohl nie mehr so
zusammenkommen, wie damals, als wir beide noch jünger
waren. Na, mir ist's zuletzt einerlei; ja, Herr, es kitzelt einen
sogar dann und wann, wenn man bei sich überlegt, daß
man im Grunde der Jüngere von zweien geblieben ist. Laß
sie alt werden, die Welt; was kümmert's mich!«

Nun sehe ich ihn doch wieder ganz genau vor mir, wie er
dasaß und das Wort sagte. Es ist ganz richtig, er saß auf
seiner Schnitzbank und fuchtelte mir mit seinem
Schnitzmesser bedenklich vor der Nase herum, bedenklich,
obgleich dieses Messer ein ganz guter, alter Bekannter von
mir war. Es war ein berühmtes Messer und war aus fernster
Volksurzeit von Hand zu Hand bis in die Hand des Meisters
herabgelangt, und er wußte gerade so gut damit
umzugehen, wie alle, die es vor ihm geführt und sich damit
gewehrt hatten.

Mündliche Tradition, Schreiberkunst und Druckerkunst
geben uns recht:

»Da ging der Junge vor den König und sprach: Wenn's
erlaubt wäre, so wollte ich wohl drei Nächte in dem
verwünschten Schloß wachen. Der König sah ihn an, und
weil er ihm gefiel, sprach er: Du darfst dir noch dreierlei
ausbitten, aber es müssen leblose Dinge sein, und darfst das
mit ins Schloß nehmen. Da antwortete er: So bitt' ich um

ein Feuer, eine Drehbank und eine Schnitzbank mit dem Messer.«

Nun wissen wir alle, was für Ungetüm und Gespenstertum der Junge in den drei Nächten sich vom Leibe zu halten hatte, wie er mit den Katzen Karten spielte und wie ihm halbe Menschen durch den Schornstein herunterfielen, — halbe Menschen, zu denen er sich erst die andere Hälfte ausbitten mußte, ehe er imstande war, mit ihnen Kegel zu schieben. Wir haben manchmal, — manch liebes Mal unser Vergnügen an der Unbefangenheit des Jungen gehabt und vielleicht ihn auch dann und wann um sie beneidet: von diesem Jungen aber stammte der Meister Kunemund in gradester Linie ab und war insofern mit den berühmtesten Leuten im deutschen Volke verwandt, und nicht allein im deutschen Volke. —

Doch da hat mich das Anfangen sofort weit in die Mitte meines Berichtes hineingerissen, und das zeigt einmal von neuem, daß es immer ein gewagtes Unterfangen ist, große Herren und Damen, bedeutende Menschen, eigentümliche und selbständige Charaktere mit der Federspitze anzutupfen. Glücklicherweise aber gelingt es mir dieses Mal noch zur rechten Zeit, mich zu besinnen: ich hebe von neuem an, zu erzählen.

Wir kamen über ihn von Kneitlingen aus; jung und alt, Männlein und Weiblein, eine Auswahl und Auslese feiner, liebenswürdiger und gebildeter Gesellschaft deutscher Abstammung und Zunge — was die Abstammung anbetraf natürlich unter dem dazu gehörigen Vorbehalt. Wir kamen über ihn, Leute von guten Mitteln: junge Herren, die ihre drei Examina vollgültig bestanden hatten, zierliche Fräulein aus den höchsten Töchterschulen, gediegene und wohlgediehene Väter und Mütter, Onkel und Tanten. Wir kamen recht lebhaft und sehr heiter angeregt über ihn; denn

4

wir machten von Schöppenstedt aus eine Vergnügungsfahrt in den Elmwald, hatten Schöppenstedt vermittelst der Eisenbahn erreicht und das berühmte Dorf Kneitlingen und den Wald vermittelst zweier Bauerwagen, auf denen mit Hülfe von Brettern und Strohbündeln eine genügende Anzahl zweckdienlicher Sitze für uns hergerichtet worden war.

Nun liegt hier vor mir ein anderes Dokument, und zwar in Folio: — Merians Topographia und Beschreibung der vornehmsten Städte, Schlösser, auch anderer Örter im Herzogtum Braunschweig und Lüneburg. Auf der Kupfertafel, welche den nicht unberühmten Platz und Ort Schöppenstedt darstellt, zieht sich im Hintergrunde gleichfalls natürlich der Elm hin, und über einigen Hausdächern, die am Rande des Waldes aus dem Gebüsch hervorragen, lesen wir die Legende:

Kneitlingen, allwo das fromme Kind Eulenspiegel geboren wurde.

Wir erreichten den Elm über Kneitlingen hinaus. —

Über Kneitlingen hinaus, linksab, unbestimmt tief in den Wald hineinwärts, da wohnte der Meister Kunemund, den die Welt nicht mehr so recht verstand, weil er ihr zu jung geblieben war. Da wohnte er ziemlich verborgen, daß heißt er hatte sich einem Förster in die Kost und unter Dach getan; und da machte ich seine Bekanntschaft und er die meinige, was unter Umständen nicht sich von selber versteht, oder besser gesagt, nicht dasselbe ist.

Wir führten in mehreren Körben einen genügenden Vorrat von Lebensmitteln sowie auch eine erkleckliche Anzahl Flaschen mit allerlei Getränk mit uns und konnten also recht vergnügt sein. Unter der Leitung eines jungen

Forstmannes im grünen Rock und mit einem papiernen Hemdkragen frühstückten wir mitten im im Quincunx gepflanzten Musterforst, wie die bessern Stände auf ihren Ausflügen in die freie unverfälschte Natur zu frühstücken pflegen. Nachher spielte man, wiederum unter der Leitung des eben erwähnten jungen Forstmanns, Blindekuh und sonstige unschuldige Spiele, was sehr hübsch war, aber auch den Höhepunkt des Vergnügens bildete; denn im Grunde mißlang jeder spätere Versuch, sich noch höher und tiefer in das volle Naturbehagen hinauf- und hineinzuschrauben, vollständig. Daß ein jeglicher in der Gesellschaft die Schuld an der von Viertelstunde zu Viertelstunde mehr einreißenden Langeweile und Verdrießlichkeit nicht sich selber zumaß, war unter diesen Verhältnissen natürlich: das Gefühl, mit dem linken Fuße zuerst und noch dazu viel zu früh aus dem Bette gestiegen zu sein, wurde allgemein.

Der junge Grünling mit dem Papierkragen war der letzte, dessen Lebensgeister sanken; aber auch ihm sanken sie. Er fing an, uns eine frisch von der Forstakademie mitgebrachte wissenschaftliche Abhandlung über moderne Waldwirtschaft zu halten und setzte dadurch dem Vergnügen freilich die Krone auf.

Mit der Mißachtung selbst der jungen Damen beladen, verlor er sich für ein geraume Zeit in einer jungen Schonung und kam erst dann wieder zum Vorschein, als die Gesellschaft den Versuch, im Walde Mittagsruhe zu halten, durch Ameisen, Kopfweh, Waldspinnen und Gliederschmerzen gehindert, aufgegeben hatte. Der holde, wolkenlose Tag übte immer sonderbarere Wirkung auf die Teilnehmer und Teilnehmerinnen an dem Vergnügen. Begrabene, mehr oder weniger tief zugedeckte Feindschaften und Feindseligkeiten wühlten sich mit überraschender

Schnelligkeit von neuem ans Licht. Wer etwas gegen seinen Nachbarn oder seine Nachbarin im Grase auf dem Herzen hatte, der fühlte einen unwiderstehlichen Kitzel, es von demselbigen los zu werden, und zwar auf die anzüglichste, unangenehmste Weise. Und da wieder wurden vorzüglich die Damen scharf, sowohl die jungen wie die ältern, sie pflückten füreinander kuriose Sträuße unter den Büschen, und es wurde die höchste Zeit, daß irgend jemand sich begütigend dreinlegte.

Dieser jemand war ich, und ich warf den Vorschlag in die allgemeine
Verbitterung, alle Streitigkeiten für jetzt beiseite zu schieben und sie
für die Heimfahrt, für das trauliche Beieinandersitzen auf den zwei
Leiterwagen und im Eisenbahnwagen aufzusparen.

Da man mich nur von der Seite ansah, so erweiterte ich meinen Vorschlag dahin, daß man, um den Tag ganz auszunutzen, einem Försterhause, das ich eine halbe Stunde weiter in den Wald hineingelegen wußte, einen Besuch abstatten solle. Sauere Milch wirke kühlend und erfrischend, und der Tag sei noch sehr lang.

Nun sah man sich an, und der Vorschlag fand genügende Unterstützung.

»Tofote heißt der Förster dort,« sagte der junge Herr von Müller. »Es ist eine eigentümliche Wirtschaft dort. Bei der Forstbehörde ist der Kerl grade nicht zum besten angeschrieben, aber das braucht uns freilich nicht abzuhalten, ihm eine Visite zu machen. Die Idee ist gut, überfallen wir den Burschen! Wenn die Herrschaften erlauben, werde ich den Weg andeuten.«

Nun waren alle Lebensgeister auf einmal wieder wach, und wir im nächsten Augenblick auf dem Marsche durch den Elm zum Förster Arend Tofote. Die jungen Leute stimmten ein Waldlied von Eichendorff an, welches sehr hübsch und romantisch unter den hohen Buchenwölbungen klang; und wer uns nun wieder sah und hörte, der war verpflichtet, ohne Widerstand und Widerrede verpflichtet, uns für das zu nehmen, was wir schienen, nämlich waldfröhliche, hübsche, vergnügte Kinder der Natur, junge sowohl wie alte.

Zweites Kapitel.

Ich heiße Schmidt. Mein Name ist drolligerweise sogar *von Schmidt*. Es ist beängstigend aber wahr, ich gehöre dem Adel der deutschen Nation an, und ich habe sogar meinen Vater noch in Verdacht, sich etwas darauf zugute getan zu haben. Bei welchem Märchenkönig der Ahnherr meines Geschlechtes Kanzler oder lustiger Rat war, habe ich nie herausbekommen können; aber daß wir ein altes Geschlecht sind, das weiß ich; und daß wir selten unseres Glückes Schmiede waren, das weiß ich leider auch. Seit ich den Meister Autor Kunemund kennen gelernt habe, bilde ich mir ein, daß unsere Bezüge mehr als tausend Jahre alt sind, und es würde mich gerade nicht wundern, wenn der Ahnherr derer von Schmidt im geheimen Rate jenes braven Jungen gesessen hätte, der König wurde, weil's ihm nicht gruselte, und dem das Gruseln erst längere Zeit nach seinem Regierungsantritt durch seine Frau gelehrt wurde.

Dieses beiläufig, jedoch nicht ohne Grund. — Wir zogen also durch den
Wald, den Förster Arend Tofote zu besuchen, und wir stießen zuerst auf den

Meister Autor.

Wir kamen über ihn an einem Bache, dem die
Begünstigung, durch den Musterforst rieseln zu dürfen,
noch nicht von der Oberforstbehörde genommen worden
war, und wir faßten ihn eigentlich in einer für das Gefühl
der Damen etwas fraglichen Situation ab. Seine Schuhe
standen neben ihm, seine Füße standen im Wasser, braun
und knochig; Füße, auf denen er länger als ein halbes
Jahrhundert herumgelaufen war. Der Tag war heiß, und der
Meister Kunemund nahm ein Fußbad.

»Hol' mich der Teufel!« sagte er, als wir plötzlich durch das
Gebüsch rauschten und auf sein Behagen hereinbrachen. Er
ist immer ein höflicher Mann gewesen, denn wer hätte es
ihm verdenken können, wenn er gerufen hätte: »Hole euch
alle insgesamt, — hole euch ohne jegliche Ausnahme der
Teufel! —?«

Er war nicht allein, als wir ihn überraschten. Er hatte auch
seine Gesellschaft bei sich: einen schiefbeinigen, sagenhaft
aussehenden Dachshund und ein kleines zehnjähriges
Mädchen. Der Dachshund saß neben ihm, dicht an seiner
Seite. Das kleine Mädchen saß ihm gegenüber am andern
Rande des Bachs, von Sonne und Blätterschatten umspielt.
Es saß, den Rücken an einen Baum gelehnt, die Arme
kindlich über der Brust ineinander gelegt, das Mäulchen
gespitzt, wie zu einem Pfiff oder Kuß. Wenn man ihr den
letztern gegeben haben würde, und sie hätte das Näschen
gerümpft, so würde man vollkommen in seinem Recht
gewesen sein, wenn man gerufen hätte:

»Jetzt nimmt sie es gar noch übel!« —

Als wir da waren, das heißt als der Alte uns herankommen
hörte, sah er sich

um; und das Kind stand auf. Der Dachs stand auch auf,
wenn man bei solchen

Beinen das so nennen wollte, und bellte wie ein Hund aus
den Gebrüdern

Grimm. Unsererseits sprach der junge Forsteleve von
Müller:

»Guten Tag, Herr Kunemund. Da sind wir, wie ich es dem
Herrn Förster versprochen habe. Guten Tag, Fräulein
Gertrud, ist der Vater zu Hause und sonst alles wohl?«

»Guten Tag!« sagte das kleine Waldfräulein, ohne sich auf
weiteres einzulassen. Aber der Meister Autor erhob sich
jetzt ächzend von seinem Sitz und nahm eine Handvoll
feuchtsaftigen Mooses und einiges Blätterwerk, das er dem
Boden im Sich-Aufrichten entrissen hatte, mit sich in die
Höhe und behielt es während der folgenden Unterhaltung,
wie eine Art Trost- und Stärkungsmittel im Verdruß, in der
geballten Rechten. Widerwillig reichte er die Linke unsrem
freundlichen Fröhlichkeitsordner und brummte:

»Richtig, da sind die Herrschaften. Na, der Alte wird sich
denn ja wohl auch freuen, und wenn ihr die Alte dazu in
guter Laune trefft, so soll es mir angenehm sein. Lustig,
Trudchen, sieh doch die Damen nicht so dumm an! Lauf
vorauf und bereite sie auf die Ehre und das Vergnügen vor,
auf daß ihnen der freudige Schrecken an der Gesundheit
keinen Schaden tut.«

Daß dieser Empfang sehr höflich gewesen sei, konnte die
Gesellschaft nicht finden. Aber unser Führer hatte uns
bereits darauf vorbereitet, und so nahmen wir mit ziemlich
gutem Humor den Gruß des Alten hin.

»Seien Sie nicht zu grob, Kunemund,« sagte der Herr von
Müller lachend.

10

»Daß *Sie* sich über unseren Besuch freuen, weiß ich ja doch
zu genau.
Fräulein Julie, Fräulein Minna, laufen sie dreist mit dem
Kinde voran! Wir
kommen im feierlichen Zuge augenblicklich nach und haben
doch noch unsern
Spaß heute.«

Gertrud Tofote sah sich noch einmal einen langen
Augenblick hindurch die Gesellschaft an; dann drehte sie
sich auf den Hacken, tat einen Sprung über den Bach und
schoß wie die Lieblichste der Elfen durch den Wald davon;
und selbst die jüngsten Damen unserer Gesellschaft, die
hinter ihr drein liefen, gaben es bald auf, gleichen Schritt
mit ihr zu halten, oder sie nur im Gesicht zu behalten. Wir
älteres Volk setzten uns schwerfällig von neuem in
Bewegung, den Meister Autor Kunemund in unserer Mitte.

Wir können es nicht genug wiederholen, daß der Elm ein
Musterforst ist. Auf den Wanderversammlungen der
grünröckigen Herren pflegt viel von ihm die Rede zu sein.
Seine Kultur ist durch die fachwissenschaftlichen Blätter
weit über die Grenzen Deutschlands berühmt geworden,
und seine Bäume bekommen ihre Blätter trotz alledem in
jedem neuen Frühjahre wieder. Sie bleiben auch gewöhnlich
bis in den Herbst hinein grün, »was eigentlich ein Wunder
ist«, wie der Meister Autor sagte, nachdem er und ich
bessere Bekannte geworden waren und gegeneinander nur
selten noch ein Blatt vor den Mund nahmen; — großer
Gott, wie geistreich man doch auf solch einer
Vergnügungsfahrt ins Grüne und Blaue hinein wird! Selbst
wenn man Jahre lang nachher darüber schreibt, ist das Salz
davon noch nicht dumm geworden, welches ohne allen
Zweifel ein Wunder ist. — Wir zogen also durch diesen im
Quincunx gepflanzten Musterforst der Amtswohnung des

Försters Arend Tofote zu, und der Dachshund watschelte uns voran, von Zeit zu Zeit stehen bleibend und seine Verwunderung über uns durch ein bedenkliches Hauptschütteln und einen fragenden Blick auf seinen Herrn kundgebend. Der Herr selber aber ging mit uns, wie gesagt, und hatte sich, wahrscheinlich um seinen Jubel zu verbeißen, sein Moosbüschel in den Mund gestopft. Seine Schuhe trug er jetzo an den Füßen, aber den linken Strumpf anzuziehen, hatte er in der Hast und Aufregung vergessen und trug ihn zusammengeballt in der Faust. Wir gingen fröhlich ihm nach und um ihn her; sämtliche gelehrte Stände gegen wärtig und vorhanden. So kamen wir beim Försterhause an, und der Leiter unserer Vergnügungspartie stellte uns dem Förster vor, und der Förster Arend Tofote erschien hierbei als der Verlegenste seines ganzen Haushaltes. Nichtsdestoweniger war er aber gern bereit, zu unserer Lust beizutragen, was ihm nur irgend möglich war. Mit Speisen und Getränken wartete er nach besten Kräften auf und jagte die Alte, d. h. seine alte Haushälterin, und sein junges Kind nicht wenig. Unsere Damen waren natürlich entzückt über das Kind und die Verpflegung, und bei den Herren wachten Hunger und Durst merkwürdig lebendig von neuem auf. Es wurde sehr behaglich, sehr gemütlich; und unsere Gemütlichkeit erlitt auch dann kaum einen Abbruch, als das liebe, einfache Waldkind, die Gertrude, ihrerseits gleichfalls ihr möglichstes zu derselben beitragen wollte, und plötzlich und unvermutet ihre Spielgenossen auf uns los ließ. Wie wir über das stille Haus im Walde gekommen waren, so kamen die guten Kameraden über uns. Zwei reizende, schneeweiße Ferkelchen, zwei muntere, doch etwas mutwillige Ziegen, deren eine den jungen Herrn von Müller und Fräulein Amalie durch zwei unvermutete Kopfstöße von hinten beinahe zum Fall auf die Nasen gebracht hätte — erheiterten die Gesellschaft sehr. Weniger vermochte das ein etwas stachlichter Igel, den

Amalias Mama auf ihrem Stuhle fand, als sie sich aus
Schreck über die Gefahr der Tochter ein wenig hastig auf
ihm niederließ. Sie kreischte laut auf, und mehrere Damen
versetzten sich ganz in ihre Situation und schrieen hell auf.
Der Zwischenfall wäre sicherlich noch länger und lebhafter
besprochen worden, wenn er nicht sofort durch einen
zweiten abgelöst worden wäre. Diesmal war die Reihe an der
Geistlichkeit. Mit einem Schreckensruf fuhr der Herr Pastor
zusammen und empor. Unter seinem Stuhle hatte es sich
plötzlich geregt, und weich und verstohlen hatte es sich
zwischen seinen Schenkeln emporgeschoben: es war aber
nur Meister Reinecke der Fuchs, und zwar der zivilisierte,
der gezähmte Fuchs, der einen günstigen Augenblick
benutzte, um die Kirche zu kränken und dem geistlichen
Herrn zierlich, aber ungeladen, ein delikates Stück Schinken
vom Teller zu nehmen. Das Verbrechen war begangen, das
Sakrilegium vollendet wie geplant, und frivolerweise lachte
die Gesellschaft ebenso herzlich über das Gesicht des Herrn
Pastors wie über den schlauen Dieb und seinen eiligen
Rückzug mit der guten Beute.

Noch einiges andere Getier erlaubte sich seinen Spaß mit
uns; aber im ganzen fanden wir uns doch harmlos genug
darein und waren recht vergnügt. Wir fingen sogar an, von
neuem zu singen, und zwar wiederum allerhand Volkslieder,
wie sie jetzt gedruckt in den Büchern stehen und meistens
reizend von den geschicktesten und naivsten Künstlern mit
den hübschesten Holzschnittillustrationen verziert werden.
Wir konnten wirklich noch ohne Noten singen, und es
klang wiederum recht gut — sogar sehr gut — im Walde.
Herrn Kunemund bekam ich an diesem Tage nicht mehr zu
Gesichte; doch die Gesellschaft vermißte ihn durchaus nicht,
und so sehe ich keinen Grund dafür, weshalb gerade ich
mich an dieser Stelle über sein Verschwinden wundern
sollte.

Drittes Kapitel.

Am Spätnachmittag zogen wir wieder ab, wie wir gekommen waren. Daß ein jeder Teilnehmer an der fröhlichen Fahrt ins Grüne ihrer mit Vergnügen gedachte, steht zu hoffen; was mich persönlich anbetrifft, so war ich am Spätabend herzlich froh, alles vollendet zu haben und wieder zu Hause zu sein. Die Lust des Tages war mir doch ein wenig auf die Nerven gefallen, und es bedurfte längerer Zeit, ehe ich mich so weit erholt hatte, um an den Meister Kunemund, den Förster Arend Tofote, sein Försterhaus und sein Töchterlein ohne Widerwillen denken zu können. —

Wie gesagt, ich heiße von Schmidt, habe außerdem den Bergbau studiert, wurde für längere Jugendjahre durch ein schlagendes Wetter an meiner Gesundheit geschädigt, erholte mich, verließ den Staatsdienst und bin jetzt meines Zeichens ein beschäftigungsloser Liebhaber wohlfeiler ästhetischer Genüsse. Recht niedliche Novellen aus meiner Feder sind in verschiedenen Blättern abgedruckt worden. Einige wurden mir auch als unbrauchbar zurückgesendet; ich halte dieselben für die bessern Erzeugnisse meines Geistes und benutze diese Gelegenheit, um sie den verehrlichen Redaktionen nochmals zur Verfügung zu stellen. Mein Vater war ein wohlhabender Domänenpächter, der das Glück hatte, fast ein Menschenalter hindurch lauter »gute Jahre« zu haben. Er starb als ein, nach deutschen Verhältnissen, wohlhabender Mann, und ich bin sein einziger Erbe, und er starb früh genug, um mir auf meinem Lebensgange und bei meinen Liebhabereien nicht hindernd in den Weg treten zu können. Natürlich verwendete ich auch das Försterhaus in Elm novellistisch; jedoch ohne viel Freude an der Leistung zu erleben. Sie schien sich auf keine Weise von meinem Schreibepult trennen zu können; mit überraschender Schnelligkeit langte sie von jedem Ausflug in die Welt wieder zu Hause an. Kaum daß ich sie glücklich wie aus der Seele so vom Halse losgeworden zu sein glaubte, war sie in ihrer ganzen tauigen, waldduftigen Frische wieder da. Ja, die waldfrischesten, tauduftigsten Redaktoren und Redaktionen schickten sie mir umgehend wieder zu. Eine ganze Literatur von Begleitschreiben sammelte sich um das unglückselige Kunstwerk an, bis ich zuletzt wütend den Deckel des Pultes über ihm zuschlug, den Kasten verschloß und den Schlüssel verlor. Nachher hatte ich Ruhe. —

Ich hatte Ruhe durch den Winter, und im nächsten Frühjahre stattete ich dem Förster Tofote, dem Herrn Kunemund und der Gertrud einen zweiten Besuch ab; jedoch diesmal allein. Das war an einem einundzwanzigsten Mai, und seit diesem Tage verging selten ein Jahr, in welchem ich nicht mehreremale den Besuch wiederholte. Was aber diese vorliegende Schrift anbetrifft, so wurde dieselbe wenigstens im Anfange einzig und allein nur deshalb unternommen und abgefaßt, um von dem Besuche zu handeln, den *mir* der Meister Kunemund abstattete. Daß ich aber am Schlusse heirate, beweist wieder einmal, daß man niemals weiß, wie's endet, wenn man in irgendeiner Weise anfing. —

Ich saß, beide Ellenbogen auf die solide aus Eichenholz herausgearbeitete Klappe gestützt, unter welcher ich alle meine besten lyrischen, epischen und dramatischen Gefühle und Empfindungen unter Schloß und Riegel zu halten pflege. Gähnend, aller Langweiligkeit des Daseins voll, saß ich, als es an meiner Tür pochte und blöde sich hereinschob ins Zimmer, nachdem ich mürrisch, ohne mich umzuwenden, die Störung aufgefordert hatte, heranzukommen. Offen gestanden traute ich meinen Augen dann gar nicht, und rückte den Stuhl mit solchem Nachdruck herum und dem Besucher entgegen, daß das

Möbel darüber durchaus aus dem Leime ging.

»Ja, ich bin es; nehmen Sie es nur nicht zu sehr übel!« sagte der Meister
Autor, als ich ihn an beiden Seiten gepackt hielt und die Trümmer des
Sitzgerätes mit einem Fußtritt hinterwärts aus dem Wege stieß.

»*Das* war es, was anklopfte?… Gütiger Himmel, willkommen, Herr Kunemund!
O Meister, Meister, welches Vergnügen!… Gottlob, daß Sie selber keine
Ahnung davon haben, welches Behagen Sie unsereinem geben und welche Ehre
Sie uns durch einen solchen Besuch antun!«

»Lieber Herr —«

»Liebster, bester Freund, seien Sie herzlichst gegrüßt! Was Sie auch herführen mag, mir bringen Sie alles mit, was ich eben ganz notwendig brauchte.«

»Lieber Herr —«

»Was macht der Alte? was macht die Alte? was treibt das Kind — das
Fräulein, das Waldfräulein? Wahrhaftig, ich könnte noch nach hundert guten
Bekannten fragen und fragte den Kreis nimmer aus. Bis auf die Fliegen an
der Wand ist mir das Haus im Elm ins Herz gewachsen.«

Wie das fromme Kind aus Kneitlingen in seinen fröhlichsten Momenten, tanzte ich um den alten Mann herum und merkte erst lange nachdem ich ihn durch den überwältigenden Wortschwall und Ausbruch meiner

Gefühle betäubt hatte, daß ich ihn betäubt habe. Da mäßigte ich mich denn, nahm ihm den Hut aus den Händen, drückte ihn auf den bequemsten Stuhl nieder, strich sämtliche Papiere vom Tische vor ihm und riß den Klingelzug ab, im hellen Eifer, ihm ein Frühstück zu schaffen. Er aber lächelte verlegen ob all der Aufregung und all des Umstandes — er verlegen!... er, der Meister Autor Kunemund!

Ach, er hatte keine Ahnung davon, wie sehr ich mich schämte, *ihn* in Verlegenheit setzen zu können, und wie ich grade deshalb in fieberhafter Hast mich bestrebte, ihn auf den richtigen Fuß und Schick zu bringen. Aber ich sollte sogleich noch mehr Grund finden, mich in meinem Sein und Für-mich-sein beunruhigt und ungemütlich zu finden — kurz mich zu schämen; denn es stellte sich bald heraus, daß der Herr Autor Kunemund mir trotz der jetzt ziemlich langen Bekanntschaft noch lange nicht recht trauete. Er brachte mir nämlich einen Brief mit, und zwar einen Empfehlungsbrief vom Pastor zu Ampleben (Amt Lehen sagt das Volksbuch), dessen geistlicher und leiblicher Vorfahr vor mehr als fünfhundertneunzig Jahren die welthistorische Ehre gehabt hatte, oben beregtes frommes Kind Till Eulenspiegel, Sohn von Klaus desselbigen Namens und dessen ehelich getrauetem Weibe, Anna, geborener Weibikin mit dem Sakrament der heiligen Taufe zu versehen. Da kam es heraus, daß der Meister Kunemund, trotzdem er um Rat zu mir kam, nicht das geringste Vertrauen zu mir hatte; sondern daß er mich leider ganz ruhig für einen Menschen hielt, wie ein Stück von den vielen Dutzenden, deren Bekanntschaft er in seinem Leben gemacht hatte.

Ich nahm den Brief des Pastors, wie er mir gegeben wurde, und ich las ihn auch. Ich las ihn, doch ich behielt während des Lesens meinen Besucher im Auge; ich sah verstohlen über den Rand des Schreibens nach ihm hinüber. Der Pastor wußte im Grunde nichts Übles und Nachteiliges über den Herrn Kunemund mitzuteilen, und so frühstückten wir denn vor allen Dingen wirklich miteinander, und während des Frühstücks suchte *ich* ihn auszuholen, und unterließ und vollführte in Wort und Tat nichts, was mir meinerseits ihm gegenüber zur Empfehlung dienlich sein konnte.

Ich hatte hart zu kämpfen. Wie alle seinesgleichen wurde er durch eine für den die Welt bedeutenden Teil der Menschheit sehr lächerliche Schämigkeit behindert, sein Inneres einem doch verhältnismäßig fremden Menschen aufzuschließen und sich in seinen Gedanken, Überlegungen, Wünschen und Hoffnungen so nackt und bloß hinzulegen. Er hatte noch nie etwas drucken lassen; er war sehr blöde und die beste Beute für jeden, der in dem gewöhnlichen Sinne ein Interesse an ihm nahm und ihn gebrauchen konnte. Als ich endlich heraus hatte, was ihn in die Stadt führte, und was er überhaupt bei mir wollte, und wie er das, was er wünschte und zu tun hatte, ansah, und zwar von den verschiedensten Seiten, und wie seine Hausgenossen das Ding betrachteten, und zwar ebenfalls von mehreren Seiten: da hatte ich eine Schwergeburtshülfe an ihm vollendet, deren ich mich wohl rühmen durfte.

Viertes Kapitel.

Ich habe drucken lassen; bin auch sonst gar nicht blöde, halte es aber doch nicht für paßlich, das Publikum noch einmal an den Mühen der Entbindung von Wort zu Wort, Seufzer zu Seufzer, Ächzen zu Ächzen, teilnehmen zu lassen. Ich werde den Meister Autor seine Geschichte und vor allen Dingen seine Vorgeschichte, wenn auch nicht

ohne Farbe und Rundung, so doch bündig und ohne meine
hundert notwendigen Zwischenfragen, Ermutigungen,
Anfeuerungen und Nötigungen vortragen lassen. Wie
mehrere andere Leute lasse ich sonst nicht gern jemand das
Wort. Ich behalte es lieber selber und bitte, mir die heutige
Selbstentäußerung für eine künftige Gelegenheit gut zu
rechnen. Es folgt also an dieser Stelle

Das,
was der Meister Autor Kunemund
mir zu sagen hatte.

»Sehen Sie, Herr, da Sie es nicht übelgenommen haben, daß
ich Ihnen hier heute so auf den Hals gefallen bin, so will ich
denn auch weit genug ausholen, um den Keil in den Stamm
zu treiben, nämlich ganz von vorn, oder von hinten, wie
Sie es nehmen wollen. Nämlich das ist nicht so, daß man
einfach denkt, es verstehe sich von selber, daß man sich in
der Welt finde, mit seinen Augen sehe, mit seinen Ohren
höre und seine Kinnbacken und Zähne gebrauche, wenn
man etwas dazwischen zu nehmen habe. Herum mit dem
Karren — ganz im Gegenteil! es versteht sich dieses gar
nicht von selber, und man braucht nur anzufangen,
darüber nachzudenken, um bis an seinen Tod kein Ende an
der Kuriosität zu finden; grade wie unsere Alte daheim,
wenn sie angefangen hat, eine Geschichte zu erzählen. Was
den Arend anbetrifft, so sitzt der noch in der ersten Art und
kümmert sich um nichts, und sein Mädchen, meine Gertrud,
sitzt drin bei ihm. Ja die erst recht denkt, daß alles, was ihr
passiert, sich von selber verstehe — selbst das, was ihr jetzt
passiert ist. Und hören Sie, lieber Herr von Schmidt, was
mich anbetrifft, so hab' ich sie beide bei ihrem Glauben
belassen; denn behaglicher ist's, und wer's kann, der soll's ja
festhalten. Das Grübeln verdirbt einem nur die guten
Stunden und die schlimmen macht's wahrhaftig nicht

leichter. Ja um noch ein Wort von den bösen Stunden zu
reden, so macht sich leider Gottes da das Sinnieren schon
ganz, ohne daß man dazu hilft, und wer dann seine
Gedanken außer sich richten kann, und wär's nur auf seine
vier Wände, seine Nachbarn oder sein Hausvieh, der ist
wohl daran. Herr, ist's nicht grade, als ob ich hier sitze und
die Alte reden höre?! aber drin und dran bin ich, und eine
Hülfe für Sie, liebster Herr, ist nicht mehr; also nur lustig
zu! Der Arend Tofote und ich, wir kommen alle beide schon
weit her aus der Zeit. Als wir junge Menschen waren, da
wußten Ihre lieben Eltern von Ihnen noch lange nicht und
wahrscheinlicherweise auch von sich selber gegenseitig
blutwenig. Manchmal denk ich mir so, die Alten haben euch
— dich und deinen Bruder und den Tofote beim Pflügen in
der Scholle aufgeworfen wie die Engerlinge; doch das ist
einerlei; es ist nur ein Gefühl. Kurz, wir wuchsen auf im
Dorfe — ich und der Arend und als der dritte mein kleiner
Bruder, nämlich der, um dessentwillen ich heute hier in der
Stadt bin. In den Pulverqualm der Befreiungskriege rochen
wir grade noch hinein; zu Waterloo kamen wir noch grade
recht, und dafür durften wir dann auch an dem übrigen
Vergnügen nach Herzenslust teilnehmen: nach Paris sind
wir gekommen, das heißt bis in den Schloßhof von Saint
Cloud kamen wir, den Engländern am Schwanze hängend.
An den Schloßhof von Saint Cloud will ich mein Lebtage
gedenken — o tausend Donnerwetter, die ganze Lust an
dem Spaß von damals läuft mir in diesem lächerlichen
Schloßhofe von Saint Cloud aus! Da war das rotfrackigte,
reitende Käkebein, der Herzog von Wellington — und was
tat die Kanaille?... Sie hielt auf Anstand — ich sage Ihnen,
sie hielt auf Anstand, Herr! An die ganze, schwitzend und
blutrünstig aus der großen Schlacht kommende Armee ließ
die fischblütige Bestie Filzsocken verteilen — auf denen
hatten wir durch das Frankreich zu marschieren, und die
unsterblichen britannischen Helden haben, wenn sie zu fest

auftraten, über mehr Stockprügel ihrer eigenen Profossen auf diesem Siegesmarsche, als über französische Säbelhiebe und Kolbenstöße in der Battel, wie sie es nannten, zu quittieren gehabt. Die Preußen hatten es wie immer seit drei Jahren besser. Sie gingen für sich allein und ohne das Schuhwerk zu wechseln, und der alte Blücher hatte es ihnen sogar noch mit neuen Nägeln versohlen lassen. Wir aber, wir Braunschweiger, hingen den rotröckigen Stumpfschwänzen an den Schößen, und was taten die edeln, hochherzigen Siegesbrüder — die Sackermenter? Sie ließen uns in den Bratenduft von Paris hineinriechen, ließen uns abschwenken, schoben uns in den Schloßhof von Saint Cloud und verriegelten sämtliche Tore hinter uns! Was sagen Sie dazu? Sie lachen, aber ich sage Ihnen, uns war wahrhaftig damals nicht lächerlich zumute. Alle Fensterscheiben, die wir abreichen konnten, haben wir eingeworfen; aber wie bald solch ein Vergnügen zu Ende ist, können Sie sich wohl vorstellen; und dann denken Sie sich auch einmal recht lebhaft in unsere Stimmung während des übrigen Aufenthalts hinein und — dann, dann feiern Sie einmal als nachdenklicher Mensch so ein fünfzig Jahr lang jedes Jahr den achtzehnten Juni mit Böllerabbrennen und Heldenliedern und Heil dir im Siegerkranz! Ich möchte Sie wohl einmal dabei sehen, lieber Herr; — aber das kann ich Ihnen im Vertrauen sagen: eine trübseligere muffigere Heldenschar als wir, hat man noch niemals aus einem feindlichen, eroberten Lande nach Hause geführt. Da ich wenigstens bei der großen Schlacht gegenwärtig war, so habe ich mich auch zu den Veteranen rechnen können; aber wie ich mich kenne, so würde ich auch in dieser Eigenschaft für die alljährliche feierliche Begehung des Tages gedankt haben; wenn das Vaterland seine Ehre hat, so will ich die meinige auch haben. So ist es, weil das eine nicht ohne das andere ist. Beizugesagt ist es eigentlich aber der Arend, den Sie aus mir reden hören, denn wenn einer ist, der sich nie über den Schloßhof von Saint Cloud zufrieden geben kann, so ist's der Alte, und wir wohnen unter *einem* Dache, lieber Herr. — Wir kamen nach Hause, und Tofote kam in den Wald als Unterförster. Ich, der ich so eigentlich auf den Gelehrten und das Abcbuch — wie man es damals verstand und gelten ließ — studiert habe, wollte ich mich eben mit meiner Anstellung in der Tasche davor, nämlich vor den Wald, setzen; als mir der Teufel in die Augen blies. Es soll mir kein Mensch wehren, daß ich auch das auf den langweiligen Kerl, den Wellington und seinen verdammten Schloßhof von Saint Cloud schiebe, daß mich eine Entzündung befiel, die mich fünf Jahre lang in argen Schmerzen fast blind machte, und sich beiher auch gar noch auf das Gehör setzte und mich so dumm im Kopf machte, daß das Konsistorium seinen Brief zurücknahm und mich benachrichtigte, es wäre ihm angenehm, wenn ich mich nach einer andern Kondition umsehen wolle. Da saß ich denn und fraß Jammer und Elend in mich hinein, und wäre Arend Tofote nicht gewesen, so würde ich auch bald genug an der ungesunden Kost erstickt sein. Als ein Glück war es damals anzusehen, daß mein kleiner Bruder um die Zeit grade ohne Abschied durchging, nachdem er dem Vorsteher einen brennenden Schwefelfaden in seine beste Roggendimme geschoben hatte. Der Schlingel hatte mir zu allem andern schwer auf der Seele gelegen, das kann ich Ihnen sagen, Herr, und er hat auch heute noch nicht gutgemacht, was er in seiner Kindheit und Jugend an meiner Behaglichkeit gesündigt hat. Grade vor neun Jahren, ein Jahr vorher, ehe Sie uns Ihren ersten Besuch mit dem Haufen Herrschaften abstatteten, ist auch mein Bruder nach Hause gekommen — ein klein, verrunzelt, gelb, giftig und sozusagen scheusälig Männchen, was sich Mynheer van Kunemund nannte, aber sich ebensogut Herr von Rumpelstilz hätte nennen können. Vor einem Vierteljahr nun ist er hier in einem Garten vor der Stadt gestorben, und einen schönen Streich hat er uns, ganz nach seiner Art, noch zu guter Letzt gespielt. Er hat unser Trudchen Tofote zu seiner Erbin eingesetzt, und es handelt sich da um gar nichts Geringes, und ich bin deshalb heute hier vorhanden, aber daß er sich dabei etwas gedacht hat, das ist sicher. Wo aber der Possen liegt, den er uns zum Schluß noch hat spielen müssen, das haben wir noch nicht heraus; ich verhoffe es mit Gottes und Ihrer Hülfe, Herr von Schmidt, aber noch herauszufinden; und dann — gnade ihm Gott, wenn wir uns noch einmal wieder treffen. Denn was er für ein Gift auf mich und den alten Arend haben mochte: unsere Gertrud hat ihm wahrlich nicht das Kleinste zuleide getan. Erzählen muß ich Ihnen übrigens, wie er sich wieder bei uns in den Wald einschob. Schnurrig genug war's, und wir haben lange an dem Spaße zu verdauen gehabt, bis wir endlich übergenug davon hatten und die Verwunderung hinter den Spiegel steckten. — Das Kind, meine Gertrude, war, müssen Sie wissen, damals so acht oder neun Jahre alt, und ihre Mutter war ungefähr drei Jahre tot. Wir hatten es so ziemlich allein erzogen, denn die Dorfschule wollte wenig sagen, und wir glaubten, ein Meisterstück gemacht zu haben, Tofote, ich und die Alte, und was es, das Kleine, anbetraf, so ging es ruhig seinen Weg allein, und wir ließen es natürlich auch frei in den Wald. Wenn wir ihm einen oder zwei von unsern verständigsten Hunden mitgaben, so glaubten wir genug für seine Sicherheit getan zu haben und fühlten uns ebenso sicher, als jede Herrschaft, die ihren Bälgern eine französische Gouverneurin und einen bunten Bedienten mit auf den Spazierweg gibt. — Na, nun war es so ein Nachmittag im Spätherbst; wissen Sie, so um die Zeit, wo das Laub von den Bäumen geht, ohne daß der Wind dran stößt, und wo man an dem leisen Geknick und Geriesel im Walde merkt, was für eine Stunde es im Jahr ist. Der Tag war nebelig oben und die Luft unten warm. Das Kind mit den Hunden war im Holz, und der Förster außerm Holz zu

Amte von wegen der Forstwrogen des letzten Sommers. Ich sitze vor der Tür und mache mich nützlich nach meiner Art, und da gehen denn grade an solchen warmen grauen stillen Tagen die Gedanken des Menschen am liebsten so weit als möglich in die weite Welt hinaus, vorzüglich, wenn man sicher ist, daß man das Haus, nötigenfalls den warmen Ofen und vor allen Dingen die Abendsuppe dicht hinter sich hat und alle drei mit drei Schritten abreichen kann. Beiläufig, Herr, es ist doch ein wenig mehr als kurios, daß der Mensch jedesmal, wenn er sich so recht behaglich und wohl in seiner Haut fühlt, sich am ehesten hingezogen fühlt, sich an der Welt rund um ihn her zu versündigen?! Man schüttelt sich eben immer am behaglichsten, in der Vorstellung, daß andere Leute es nicht so gut haben, als wir. Also auch ich in der Gemütlichkeit auf meiner Schnitzbank denke denn auch so an das Treiben vor dem Walde, so zum Exempel in Hamburg, London, Paris, — den Schloßhof von Saint Cloud nicht zu vergessen. Und richtig, vom Lande gerat ich aufs Wasser, auf Sturm, Schiffbruch und Schiffsbrand, und von dem Schiff und Brand ganz selbstverständlich auf meinen kleinen Bruder, und wie alles wohl sein könnte, wenn alles nicht wäre, wie es nun grade ist. Darüber geht mir natürlich die Pfeife aus, und ich gehe in die Küche, um mir eine glühe Kohle zu holen. In der Küche spuckt und knistert das Feuer auf dem Herde, und am Herde spuckt, knistert, knastert, rührt und quirlt unsere Alte. Als ich die Feuerzange fasse und unter den Topf fahre, nimmt sie das, wie es sich von ihr gehört, krumm, ich aber denke: Immer höflich und spaßig mit den Damen! und sage: Marie, ein guter Durst ist was recht Schönes, aber wer die Suppe versalzt, der soll es eigentlich nur aus Verliebtheit tun dürfen, und nicht aus Gift und Bosheit, wie ein gewisses Frauenzimmer gestern abend! und eben fängt die Alte an, dieses noch viel krümmer zu nehmen, als es mir plötzlich auch ohne sie mit einem jähen Schrecken durch den Leib schneidet:

Was ist nicht richtig? Es ist was nicht richtig! wo ist das Kind? Man sollte das Kind doch nicht mehr so allein und auf Gottes Trost hin in die Wildnis laufen lassen!

Ich sage auch sowas oder dergleichen in meiner plötzlichen Beklemmung, und die Alte ist blitzschnell so freundlich, daraufhin zu krächzen:

So?... Ei?... I, Kunemund! Kommt Er mir endlich so herum? O ja, daß der Förster einmal ganz etwas Besonderes erfährt, wenn er nach Hause kommt und nach dem Trudchen fragt, das ist schon lange das, worauf ich warte, Autor. Und Herr Kunemund, Seiner Naseweisheit zuliebe will ich Ihm noch eine andere Ansicht in den Handel geben, und die ist, daß Er von morgen an die Suppe selber kocht, und mich das Kind hüten läßt. Will Er, — will Er, Meister Kunemund?

Himmel — Donner — brummte ich laut; aber ganz leise sage ich: So schlimm wird es doch nicht gleich werden! — aber eilfertig genug stapfe ich sofort mit kalter Pfeife wieder vors Haus und stehe und brülle nach allen vier Weltgegenden nach dem Kinde, und halte die Hände hinter den Ohren, ob ich die Hunde wenigstens nicht zu vernehmen kriege. Die höre ich denn gottlob auch, aber in sehr weiter Entfernung und, wie es scheint, gleichfalls sehr böse. Da haben wir einmal wieder einem dummen Viehzeug zu weit über den Weg getraut, denke ich; — den Schnürbein wenigstens hätte ich mit mehr gesundem Menschenverstand begabt geglaubt — da sieht man's wieder! Und damit laufe ich dem Gebelfer nach und habe mich lang und arg genug in das Gestrüpp hinein zu winden, ehe ich dem Trudchen, den Biestern und aller übrigen Absonderlichkeit auf den Hals komme. Ich komme ihnen aber auf den Hals, und zwar zu meiner eigenen sträflichen Verwunderung. Am Hange eines

Hügelchens, mitten im Hochwald steht, mit dem Rücken an eine Buche gelehnt, unsere Trude und schreit aus voller Kehle Zeter. Zehn Schritte aber weiter ab unter einer andern Buche steht ein Geschöpf, was sicherlich da nicht aus dem Boden herausgewachsen war, und schreit ebenfalls, aber aus gröberer Kehle. Alles Hundevolk, mein Schnürbein voran, hat nämlich einen Kreis um dieses Wunder geschlossen und ist außer sich mit Bellen, Anspringen, Fest-auf-die-vier-Füße-stellen und Zähnfletschen. Was war's? Ein kohlenpechschwarzer Mohr! Ja, ein kohlenpechrabenschwarzer Mohr, der auch die Zähne fletscht und auf jedes Aufspringen Schnürbeins und der übrigen so hoch als möglich in die Luft hoppst. Sonderbar schön steht es der Kreatur, daß sie zu allen ihren sonstigen Annehmlichkeiten eine mehr dottergelbe als lederfarbene Uniform oder Livree trägt, aber das allersonderbarste ist, daß sie mich in ihrer Not und Angst ganz regelrecht auf deutsch anschreit, und zwar rein bremerisch:

Rufen Sie doch die Höllenhunde ab! Tausend Donnerwetter, haben Sie die
Güte!

Ich tue das, indem ich zugleich Trudchen begütige; und knurrend gehorcht endlich das Viehzeug.

Habe ich vielleicht jetzt schon das Vergnügen, Mynheer Kunemund vor mir zu sehen? fragt der Schwarze höflich mit dem Hute in der Hand.

Der bin ich freilich, sage ich, aus einem Erstaunen ins andere fallend, und hebe vor allen Dingen meine Trude, die mir angstvoll die Arme um den Hals schlägt, auf den Arm. Aber Sie — Sie — Herr — lieber Mann — wie kommen Sie — Ja was haben Sie — Sie schwarzer Mensch — aber ist denn das die Möglichkeit?

Es ist die Möglichkeit, Mynheer Kunemund, sagt das Ding womöglich noch höflicher. Und wenn Mynheer Kunemund morgen zu Hause zu finden wäre, so würde Mynheer Kunemund sehr gern eine Tasse Tee bei Mynheer trinken.

Halten Sie mal! sag' ich, und setze das Kind von neuem auf den Boden, um mir besser mit beiden Händen an den Kopf greifen zu können.«

Fünftes Kapitel.

Der Meister Autor machte an dieser Stelle keine Pause; aber wir sind leider gezwungen, unsererseits eine eintreten zu lassen, um eine persönliche Bemerkung, unsern Lesern gegenüber, zu machen.

Man ist nämlich der Meinung, daß alles, was schon sehr häufig dagewesen ist, endlich sehr langweilig wird. Das ist eine landläufige Ansicht und Überlegung; aber trotz alledem nicht immer wahr! Hier hatten wir den reichen Onkel aus Surinam einmal wieder, und zwar so frisch und unverbraucht, als ob er zum erstenmale aus den Tropenländern zurückkomme, um die arme Vetterschaft in Europa glücklich zu machen.

»Alter Freund,« sprach ich zu dem Meister Autor Kunemund, »daß Sie an dieser Stelle Ihres Berichtes *neu* wären, kann ich zwar nicht behaupten; aber etwas was mir hier interessanter und willkommener sein könnte, kenne ich wahrhaftig nicht. Also gratuliere ich bestens!«

»Ob ich mir an dem Tage gerade Glück wünschte, weiß ich heute nicht mehr, Herr von Schmidt,« fuhr der Meister fort.

»Aber das weiß ich noch, daß mir mancherlei durch Kopf und Seele ging, als der Schwarze jetzt aus seiner Reisetasche einen Brief vorholte, und ich schon in der Aufschrift richtig meinen kleinen Bruder herausfand. Er meldete sich in Fleisch und Blut auf den morgenden Tag bei uns zu Gaste im Walde an, und hatte seinen Mohren nur vorausgeschickt, um aller seiner gewohnten Bequemlichkeit bei uns sicher zu sein — der Hansnarr!

Ich las den Brief, und dann sah ich mir den Mohren von neuem an, und da das Tier mich nicht fraß, so wurde es nun auch allmählich dem Trudchen und den Hunden klar, daß es sie nicht fressen wolle. Die Hunde fingen zuerst an, das ausländische Gewächs zu beschnüffeln, und dann fing die Trude an zu lachen und in die Hände zu klatschen.

In dem Briefe stand nichts, und so sage ich denn:

Na, so wird es denn wohl das beste sein, daß wir vorerst allesamt nach Hause marschieren, um die Alte und nachher den Alten auf das Mirakel und die Ehre vorzubereiten. Auf die Alte freue ich mich, das kann ich wohl sagen.

Ich freute mich wirklich auf die Alte, und die Folge erwies, daß ich Grund dazu hatte. Einen guten Spaß muß der Mensch nicht beiseite schieben, vorzüglich wenn er so in der Eremiterei wohnt, wie wir alle in unserm Försterhause. Auf dem Wege nach Hause aber fragte ich vor allen Dingen meinen Mohr:

Aber nun sagen Sie mir doch auch: wie heißen Sie? wo kommen Sie her? und dann die Hauptfrage: Redet man bei Ihnen zu Hause denn auch so ein verständliches Deutsch?

Nun, natürlich! Weshalb sollte man in Bremen, im Schüsselkorb nicht ein gutes Deutsch sprechen? Da

28

bemühen Sie sich doch nur in Thielebeules Keller, um zu hören, Herr Kunemund. Ich bin aus dem Schüsselkorb; aber auf ein bißchen Spanisch, Englisch oder Malaiisch — das Holländische ganz ungerechnet, soll's mir auch nicht ankommen. Ich hab' auf mehr als einem Schiff, und unter mehr als einer Flagge als Koch oder Steward die Welt befahren. Mein eigenster Beruf ist aber der wilde Meß- und Jahrmarktsindianer.

Was Sie nicht sagen?! Und Sie heißen —

Meyer! Ceretto Meyer! Wichselmeyer — wie Sie wollen. Auf der großen
Weserbrücke nennt man mich gewöhnlich Wichselmeyer, aber lieber hab'
ich's, wenn man mich Signor Ceretto ruft. Ich bin's von den höflicheren
Nationen gewohnt, die auf See mit =Si!= antworten, wenn man sie anspricht.

Schön! also Signor Ceretto! Nun denn, so seien Sie mir herzlichst willkommen, liebster Herr Signor Ceretto! sage ich, und damit erreichen wir so nach und nach das Försterhaus, und sonderbarerweise trug auf dem letzten Drittel des Weges bereits diese schwarze Bremer Meß-Merkwürdigkeit unser Trudchen auf dem Arme, während Schnürbein schwanzwedelnd sich ihr dicht auf den Hacken hielt.

An der Alten hatte ich meine Freude, und an dem Alten, der währenddem nach Hause gekommen war, gleichfalls; doch an der Alten um vieles mehr. So was Schwarzes in Menschengestalt hatte sie in ihrem Leben noch nicht gesehen, und daß sie viel in den Büchern darüber studiert hatte, glaube ich auch nicht. Den Eindruck, den also mein Freund Wichselmeyer oder Meyer, oder Signor Ceretto auf sie machte, war denn auch darnach! Wie sie aufschrie, wie sie ins Haus lief und die Schürze über den Kopf schlug — wie sie auf halbstündiges Zureden endlich um die Tür guckte, und wie sie wieder nach einer Viertelstunde mit einknickenden Beinen hervorkam und einen Knix nach dem andern vor das Ungeheuer hinsetzte, das war ein Vergnügen anzusehen, aber zu beschreiben ist es nicht. Und, mein lieber Herr von Schmidt, — wenn dieses eine Kuriosität war, so war es noch viel kurioser, daß — auf mein Wort und meiner Seelen Seligkeit — es wahrhaftig nicht ihre Schuld war, wenn wir nach allerkürzester Bekanntschaft nicht einen oder zwei oder einige Mulatten mehr in der Welt herumlaufen haben; denn — — so sind die Weiber! Ich habe es bis dahin nicht geglaubt, aber ich versichere Sie: sie sind so! Nachdem sich auf vieles Zureden das närrische Stück Frauenzimmer dahin hatte bringen lassen, durch eigenes Anrühren sich zu überzeugen, daß das Ding nicht abfärbe, war alles — in bester Ordnung und im schönsten Gange, und der Arend, ich und der Schwarze hatten nur abzuwehren, daß die Zuneigung nicht zu weit gehe.

Seit ich weiß, daß dieser fremde Herr und Unmensch nicht mit Tinte oder Pech oder Kienruß aufgefärbt wurde, bin ich ganz ruhig, flüsterte mir die Alte noch lange vor dem Gute-Nacht-sagen zu; kurz, wir hatten unsern Heidenspaß, den ganzen Abend durch. Ja, ja, Herr; über den Ceretto vergaßen wir und vor allem ich dann und wann meinen kleinen Bruder mehr, als es sich eigentlich schickte; und erst als alles zu Bett war, der Gast und ich auch, und ich vergeblich in den Schlaf hineinzukommen suchte, da kam es im großen und ganzen heiß und kalt über mich, was für ein Tag mir morgen bevorstehe, und wie ich mich zu demselbigen zu verhalten haben werde. Da warf ich mich hin und her und saß aufrecht und hätte mich auch ebensogut auf dem Strohsacke auf den Kopf stellen können;

zu einem vernünftigen Gedanken verhalf mir das nicht. Erst als ich endlich doch vor Mattheit eingeschlafen und am Morgen wieder aufgewacht war, kam mir die Eingebung. War es nicht das einzig Richtige, alles dem Kleinen zu überlassen? Wer hatte sich denn eigentlich mit dem andern abzufinden? Er mit uns; oder wir mit ihm? Er mit uns natürlich, denn war der Junge von uns weggelaufen, ohne uns anders als durch seinen letzten Lumpenstreich es anzusagen, so lag es doch nun, obgleich über die alte Geschichte wohl mehr als einmal Gras gewachsen war — allein bei ihm, bescheiden anzupochen und sich zu entschuldigen und um gut Wetter zu bitten. Damit fuhr ich getröstet in die Stiefel; aber was das Wetter selber anbetraf, so war das heute noch um ein gut Teil grauer als gestern, doch regnen tat es auch an diesem Tage nicht. Wir hatten nur einen Korb voll Nebel mehr im Walde. Daß wir allesamt früh auf den Füßen waren, können Sie sich vorstellen; nur das Mohrenkind, der Wichselmeyer, oder Don Ceretto, schnarchte wie ein Weißer bis gegen Mittag an, was, nämlich das Schnarchen, auch wieder der Alten einigen Grund zum Handzusammenschlagen gab. Wir fanden sie richtig horchend an der Tür, und sie schlug die Augen wie in vollständiger Verzweiflung an unsrem Herrgott in die Höhe und ächzte: Auch das kann er wie ein richtiger Mensch! — Nun, Trudchen war kaum zu bändigen, und mein lieber Tofote ging herum wie ein Verrückter; ich aber setzte mich auf meine Schnitzbank, als ob ich drauf Wurzeln zu schlagen gedächte und spielte den Bullenkopf gegen mich und die Welt, bis der Kleine gegen ein Uhr avisiert wurde und wirklich da war.

Herr, *ein* Mensch genügt eigentlich nicht, um *das* Wiedersehen zu erzählen! Alle, die ihren Anteil daran hatten, müßten von Rechts wegen an dieser Stelle ihren Schnabel auftun; und Herr, daß Sie damals nicht dabei zugegen waren, das ist ein Jammer; denn trotzdem, daß Sie gewiß mehr studiert haben, sowohl im Bergfach wie in den übrigen Fächern, als ich für möglich halte, hätten Sie sich doch manches Komödienbillett — Affen- und Menschenkomödie! — erspart, wenn Sie an dem Tage uns schon die Ehre gegeben hätten, uns mit Ihnen bekannt zu machen; denn sehen Sie —«

Sechstes Kapitel.

»Erlauben Sie, lieber Kunemund,« sagte ich, dem Meister Autor die Hand auf das Knie legend und ihn bescheiden zum zweitenmale unterbrechend. »Ein Wort, bester Freund! Ich bin doch manch liebes Mal, nach unserm ersten Massenbesuch, als einzelner Heuschreck bei euch gewesen; aber wer von euch hat mir je von dieser Geschichte und allen ihren wahrscheinlichen Folgen geredet?«

»Wir nicht; — das ist richtig!« sprach der Meister. »Wer von uns konnte denn aber auch daran denken? *Sie* ging das doch gar nichts an!«

Ich schlug mich vor die Stirn und kam mir unendlich albern und abgeschmackt vor. Ich sah tief, lächerlich tief in die Widersinnigkeit des Lebens, das man, sozusagen, lebt, hinein und konnte nichts weiter sagen, als:

»Wahrlich!«

»Sehen Sie, seine werten Freunde muß man so wenig als möglich mit seinen eigenen Molesten molestieren,« sagte der Meister und fuhr, von nun an nicht wieder von mir unterbrochen, in seiner Erzählung fort, die wir wieder nur mit einem Gänsefuß am Anfange und einem am Ende geben:

»Die Feierlichkeit war groß. Wir standen im Ernst ein
jeglicher in seiner Seele auf den Zehen; das heißt inwendig,
denn was das Äußerliche anbetraf, so konnten wir
blutwenig tun, und hatten auch sonst grade keine Lust,
mehr zu leisten. Nur in der Küche war ein mächtiges Hallo;
ganz wie im Evangelium, als der verlorene Sohn heimkam.
Vom ersten Tagesgrauen an stand die Alte, ihr Horchen an
des Mohren Kammertür abgezogen, in Dampf und
Flammen, im Sieden und Protzeln. Aber der Mohr Signor
Ceretto saß mit meinem Trudchen an der Tür auf der Bank
und rauchte eine ganz gewöhnliche Meerschaumpfeife. Er
war lange nicht so ungeduldig auf den Onkel als das Kind.

Wie gesagt, es hatte auf der alten Uhr hinter der Tür so
ungefähr eins geschlagen, als er kam, und zwar tüchtig
zusammengeschüttelt in einer alten Schöppenstedter
Karrete, auf dem Holzwege, den Sie ja auch kennen, Herr
Bergsekretär; und wenn sein Bremer Neger uns nur im
ersten Moment in Verwunderung gesetzt hatte, so nahmen
wir den Kleinen nach dem Anrumpeln der Kalesche nun
merkwürdig kühl. Er setzte uns gar nicht in
Verwunderung, nämlich was mich und den Tofote anbetrifft.
Er war in einen dicken Mantel eingewickelt und hüstelte,
und als ich ihm die Hand in das Gefährt reichte, sagte er:
Guten Tag, Alter, ich habe es für meine Pflicht gehalten, —
oder dergleichen und ich sagte: Sieh, Kleiner, bist du wieder
da? — und damit hatten wir ihn auf dem festen Boden, und
es wäre fast nötig gewesen, daß ich ihn wieder einmal auf
den Arm genommen und ins Haus getragen hätte, wie ich
das wohl tausendmal getan hatte, als ich noch seine
Kindsfrau spielen mußte in unserer Jungenzeit. Herr, wenn
von jeher an mir die Augen wenig taugten, so stehe ich
dafür auf ziemlich festen Füßen, und meine Schulterbreite ist

33

auch nicht ohne! Bei unsrem Kleinen war das alles
umgekehrt. Augen hatte er vom Mutterleibe an wie ein
Wildkater; aber von dem übrigen wollen wir heute, da das
alles doch schon vom Grabscheit in der gewöhnlichen Weise
versorgt worden ist, lieber nicht sprechen. Die Fremde hatte
ihm in der Hinsicht wenig gut getan, und er brachte fast
noch weniger mit, als er von Hause mitgenommen hatte.
Aber das ist einerlei! Wie über seine Jugendzeit und -sünden
Gras gewachsen ist, so samt sich das jetzo über dem übrigen
an, und ich erzähle nur von wegen uns, die wir noch da
sind. Wir hatten ihn vor der Tür — im Hause — im
weichsten Lehnstuhl am Tische, und der Austausch und
Handel mit den gegenseitigen Erlebnissen und Gedanken
mochte vor sich gehen. Natürlich kam es denn auch, wie ich
es mir am vergangenen Tag vorgestellt hatte: wir fanden uns
heute so wenig wie vor den langen Jahren zusammen und
ineinander. Und als es Dämmerung wurde, hatte er uns
herzlich satt, und wenn ich offen sein soll, *wir* ihn auch.
Herr von Schmidt, er ist mein leiblicher Bruder, und ich tat
mein menschenmöglichstes, ihn den Nachmittag über mit
Rührung und Weichherzigkeit als solchen anzusehen; aber
noch vor dem vollen Einbruch der Dämmerung hielt ich ihn
kurzweg von neuem für einen Lumpen, und daß er uns wie
gewöhnlich für erbärmliche Tröpfe und die nichtsnutzigsten
Narren von der Welt hielt, das konnte ich ebensogut sagen
als er. Also wir vertrugen uns, der guten Bewirtung, die die
Alte hergerichtet hatte, zum Trotz, gar nicht; und sie, die
Alte, legte mit ihren Unkosten gar so wenig Ehre bei ihm
ein, als wir mit unserer Einfältigkeit. So fuhr er ab, um noch
bei Licht auf die Landstraße zu kommen, und wir sahen ihn
abfahren. Seinen Mohren nahm er auf dem Kutschbock mit
sich; und ein solch Gesicht, wie *der* Kerl uns zum Abschied
zuschnitt, hatte ich in meinem Leben noch nicht gesehen
und habe es auch bis jetzt noch nicht wieder zu Augen
gekriegt, und kurioserweise tat *sein* Abschied mehr als einem

von uns leid. Das Kind, unsre Gertrud, hatte dem Untier einen Geschmack abgewonnen, wie es kaum geglaubt werden kann, und die Alte war richtig fast eifersüchtig auf das Kind! — — — Daß der Kleine nicht wieder aus unserm Leben verschwand, nachdem wir ihn einmal wieder drin hatten, versteht sich wohl von selber; aber zu Gesichte kriegten wir ihn nicht wieder. Aus den Blättern, in welchen er ein Haus suchte, und auch sonst auf andere Weise erfuhren wir, daß er sich in hiesiger Stadt niedergesetzt habe, aber uns hier im Wald ließ er selbst von diesem Abschluß und Ende seines Vagabundenlebens nichts weiter zu Gehör kommen. Seinen Mohren Signor Ceretto Wichselmeyer schickte er auch nicht wieder heraus, was den andern im Hause am leidesten tat, worüber ich als sein Bruder — nämlich des Kleinen Bruder, mir aber jedoch mein Gefühl und Gemüte vorbehalte. So sind denn die Jahre hingegangen, eines nach dem andern, und wir haben an nichts gedacht, das kann ich Sie versichern. Und nun war ich neulich schon vor Ihrer Tür, lieber Herr Bergschreiber, als uns das Stadtgericht herzitiert hatte; aber Sie waren damals verreist, und so mußte ich mit meiner großen Neuigkeit und in meiner Bedrängnis wieder abziehen. Der Kleine war tot, und er hatte uns seinen letzten Streich gespielt; — was meinen Sie, was er getan hatte, um einen letzten Tritt in unsern ruhigen Ameisenhaufen zu vollführen? — er hatte unser Trudchen, die Gertrude Tofote, zu seiner Generalerbin eingesetzt! — Er hatte es getan! er hatte das Trudchen zu seiner Erbin gemacht, und da er nie etwas getan hat, ohne dabei etwas im Schilde zu führen, so sind wir nun schon monatelang in aller Unruhe und Todesangst und zerbrechen uns Herz und Kopf und Sinn um die Frage, weshalb er es getan habe? Am Tage nach seinem Begräbnis war der Mohr bei uns. Denken Sie sich, — er, der Kleine, hatte gewollt, daß niemand von uns anders als durch der Zeiten Lauf von seinem Abscheiden benachrichtigt werden sollte; und bei seinem Grabe und Leichenkondukt hat er auch niemand von uns sehen wollen, und — jetzt — lieber Herr, Sie, der Sie mit allen Schreibereien Bescheid wissen, kommen Sie mit mir! Das Trudchen sitzt, seit ich bei Ihnen bin, mutterseelenallein im Gasthof bei den Fuhrleuten, und wartet wahrscheinlich mit Schmerzen auf mich, und jetzt — wenn Sie nichts Besseres vorhaben, so kommen Sie, uns zum Troste in der Ratlosigkeit, mit und helfen uns, ihre Erbschaft anzutreten! Ich bitte Sie herzlich, so gütig zu sein.«

Siebentes Kapitel.

Länger als eine gute Stunde hatte Herr Autor Kunemund seinem Herzen Luft gemacht, und ich hatte ihn erzählen lassen, und ihn, wie oben bemerkt, sogar nicht wenig ermuntert, so ausführlich wie möglich zu sein; aber jetzt fuhr mir ein um desto größerer Schrecken durch die Glieder.

»Mein Himmel, die Gertrud in der Stadt Lübeck! den ganzen Morgen da allein?
Kunemund, ich bitte Sie, weshalb konnten Sie mir das nicht gleich sagen?
Wie könnt Ihr das Kind — das Fräulein, so allein in dem Fuhrmannsausspann
sitzen lassen?«

»Weshalb denn nicht, lieber Herr? Wir haben gute Bekannte und Freunde dorten; gerade unter den Fuhrleuten haben wir die besten Freunde; und dann ist der Jüd Salomon Prasem auch mit uns gekommen, — das Trudchen war da ganz gut aufgehoben, bis wir es abholen.«

Das mochte nun sein; aber nichtsdestoweniger vervollständigte ich in hastigster Weise meine Toilette, und nach zehn Minuten schon befanden wir uns in den Gassen der Stadt: ich in aller Ungeduld, aber der Meister Autor, ohne es im geringsten eilig zu haben. Im Gegenteil, er hatte Zeit und Muße für jede Merkwürdigkeit, die ihm unterwegs aufstieß, und des Merkwürdigen stieß und fiel ihm alle zehn Schritte weit die Hülle und Fülle auf. Endlich erreichten wir die Stadt Lübeck aber doch.

Das ist in der Tat einer der besuchtesten und nahrhaftesten Ausspanngasthöfe der alten Stadt, und der Verkehr dort an allen Tagen der Woche sehr lebhaft; am Sonnabend jedoch am lebhaftesten. Und es war ein Sonnabend, und das Getöse vor, sowie die Bewegung in dem Hause ließen für den Inhaber des altberühmten Schildes nichts zu wünschen übrig. Ein halb Dutzend und mehr Lastwagen und Bauerwagen hielt vor dem hohen und weiten Torwege, und versperrte weithin die ziemlich breite Straße. Zertretenes Stroh, Fässer, Kisten, Kasten und Körbe, Hunde, Federvieh, Kinder, Gäste aller Art und jedes Geschlechtes füllten den Hof, die mächtige Hausflur, die Gaststuben und die Treppen. Aus der schwarzen, gewaltigen Küche leuchtete es gleich einer keineswegs geringen Feuersbrunst, mit der freilich der begleitende Geruch gottlob gar nicht stimmte. Kellner und Kellnerinnen, Köchinnen, Hausknechte, Stallknechte und vor allem Wirt und Wirtin schlugen nicht bloß in der Seele Rad, sondern machten auf jedermann, der mit offenem Munde und aufgesperrten Augen sich in dem Gewühl hin und her schieben und stoßen ließ, den Eindruck, als ob sie auch in einem fortwährenden, nimmer wieder endenden körperlichen Radschlagen begriffen seien.

In diesen Lärm und Wirrwarr traten auch wir jetzo ein, der Meister Autor und ich, und der Meister bahnte den Weg.

Drei oder vier braune ausgetretene Stufen hinauf drängten wir uns aus dem Getümmel des Hausflurs in den Tumult der Gaststube hinein, und richtig fanden wir da die Gertrud Tofote und zwar ganz an demselben Platze, auf welchen sie der Meister Kunemund hingesetzt hatte mit der Ermahnung, sie möge sich die Zeit nicht lang werden lassen, er komme im Augenblick zurück und bringe den Trost im Elend (=NB=. in meiner Person) hoffentlich gleich mit her.

Auf *den* Trost hin hatte das junge Mädchen dann dagesessen, und — wie sich sofort auswies — keinen Augenblick Langeweile gehabt oder sich gar nach uns gesehnt. Als es uns erblickte, sprang es hinter seinem Tische mitten unter den verschiedenartigsten Sonnabendmorgengästen der Stadt Lübeck auf und rief, ohne anfangs die mindeste Notiz von mir zu nehmen:

»O Onkel, es ist gut, daß du kommst! wir haben schon lange auf dich gewartet! Kennst du den hier noch?«

Und sie wies unbefangen auf einen hübschen jungen Menschen, der neben ihr gleichfalls von der rotbraunen Bank aufgestanden war, und viel verlegener als die Gertrud, errötend uns anlächelte und in seiner schmucken Matrosentracht wirklich hübsch — sehr hübsch — und um so hübscher je blöder aussah.

»Na,« sagte Herr Kunemund, »es ist wohl nicht an dem? Ja, wahrhaftig, es ist doch an dem — er ist es! Je, Karl, wie kommst denn du hieher? woher bist du gefallen, Junge? Na, das ist wahrlich ein vergnügt Zusammentreffen, Karl, und dich können wir gleichfalls gerade brauchen. Siehst du, Trude, hab' ich's dir nicht gleich gesagt, daß du hübsche Leute zu deiner Unterhaltung hier finden würdest?«

Sie reichten einander die Hände, über den Köpfen und Schultern des Volkes am Tische weg, und ein teilnehmendes, vergnügtes Grinsen ging über jedes Gesicht an den vier Seiten. Bauern und Fuhrleute, Weiber und Kinder nahmen teil an dem fröhlichen Wiedersehen; aber den größten Teil nahm natürlich der Jüd Salomon Prasem, der da denn auch sagte:

»Mein, bei mir hat sich die Gertrude zu bedanken; — denn wer war's, der ihr den Karl Schaake herbeilotsete? Ich war es, Herr Kunemund.«

»Sollst deine Ehre behalten, alter Sackträger,« rief der Meister Autor, und das Trudchen — ja freilich, reden wir doch einmal von der Gertrud Tofote, ehe wir weiter schreiben. —

Es wird viel Wasser die deutsche Literatur hinunterlaufen, bevor ein zweites Nixen- oder Waldelfen-Gesicht wie das wieder aus ihr emportaucht! Das Trudchen hatte sich verändert in den Jahren, die hingegangen waren, seit wir es als Kind zuerst am Bache im Elm trafen. Es war ein großes Mädchen geworden — eine Jungfrau, wie man in den Büchern, — ein Fräulein, wie man im Leben des Tages sagt. Und was für eine Jungfrau?! was für ein Fräulein!

Daß ich das Kind von Zeit zu Zeit wachsen gesehen hatte, erhöhte meine jetzige Überraschung nur; denn wer sieht sich je satt an den uralten Taschenspielerkunststücken der alten geschickten Prestidigitatrice, Madame Physis, sonst auch Dame Natur genannt?! — Trudchen Tofote war eine reizende, völlig ausgewachsene Blondine von achtzehn Jahren geworden, und seltsamerweise schien der junge Leichtmatrose Karl Schaake das gleichfalls herausgefunden zu haben.

39

»Erlauben Sie gefälligst,« sagte der Meister Autor fein und höflich, »erlauben Sie, daß ich Ihnen diesen jungen Mann hier vorstelle und mit Namen nenne. Es ist nämlich Karl Schaake aus unserm Dorfe vor dem Walde, wissen Sie; sein Vater war Leinweber, sein Großvater war Leinweber, sein Urgroßvater war Leinweber, und von Rechts wegen müßte er, dieser Junge hier, auch Leinweber sein; aber können Sie es ihm verdenken, wenn er der ewigen sitzenden Lebensart halben sich mal in das Gegenteil geschlagen hat? Der Bengel fährt — tanzt auf dem Seil — geht querüber auf dem Wasser, kurz, um es kurz zu sagen, ist zu Schiff gegangen und hat alle seine ehrwürdigen Vorfahren mit offenem Maule sitzen lassen. Was sagen Sie dazu?«

Ehe ich etwas dazu sagen konnte, hatte sich der Meister bereits wieder an den Seemann selber gewandt:

»Und nun, du Schlingel, noch einmal: wo kommst du her? wo hast du dich wieder herumgetrieben?«

»O Herr Onkel, das wäre weitläufig zu beschreiben!« meinte der junge Mensch lachend. »Sie haben es ja schon längst verschworen, mir ein Wort zu glauben, und haben, was schlimm genug ist, auch das Trudchen auf den Glauben hin abgerichtet. Was meinen Sie nun, wenn ich hab' helfen, muhammedanische Pilger von Malakka nach Dscheddah expedieren und zwar während der ganzen drei letzten Jahre?«

»Das wird wieder ein schönes Geschäft gewesen sein!«

»Das war es freilich dann und wann. Hamburger Bark Kehrwieder, — Kapitän
Klütgen. Fragen Sie nur nach, die ganze Küste entlang, Onkel; o sie wissen
mich zu schätzen, die Kerle, die das Gesicht auf dem Bauche

tragen, von
Sumatra bis Suez — besser als Sie, Onkel Kunemund.«

»Na, na, so genau wie ich, werden sie dich doch nicht kennen, Karl,« sagte der Onkel mit dem Zeigefinger in der Luft.

»Aber die Gertrud kennt mich *noch* besser!« rief Herr Karl Schaake. »Nicht wahr, du?« Und schwerlich konnte jemand eine größere Dringlichkeit in ein solches: Nicht wahr, du? legen. —

Trudchen Tofote lachte vergnügt und verschämt und gab dem Leichtmatrosen einen Schlag auf die Schulter, der seinen ersten Schuß auch nur im Elmwalde getan haben konnte. Auf eine wörtliche Äußerung ließ sie sich jedoch nicht ein, und also nahm der Onkel Kunemund wieder das Wort.

»Also hast du die Stadt Lübeck gerade so angelaufen, wie du der Alten daheim über den Küchenschrank fielest. Und die Stelle, allwo die beste Piepwurst hing, die nahmest du uns auch niemalen mit; aber die Wurst vermißten wir dann und wann. Und also hast du dich gleich auch in gewohnter Weise bei der Trude vor Anker gelegt? Na, das ist schön! Es behagt einem immer, wenn endlich einmal jemand nach Hause kommt, der wirklich etwas zu erzählen hat.«

»Aber gern sich auch allerlei erzählen läßt, was während seiner Abwesenheit auf dem festen Lande vorgefallen ist. Nicht wahr, Trudchen?«

Das Trudchen lächelte wiederum nur vergnügt und verschämt, und es fiel wiederum dem Meister Autor zu, sich zu besinnen, ob während der Abwesenheit seines jungen Freundes wirklich etwas der Erwähnung Wertes passiert sei in dem Walde und vor dem Walde. Ich hielt es für meine Pflicht, ihm dabei zu Hülfe zu kommen.

»Ist das eine Familie, die in die Stadt gekommen ist, sich eine große Erbschaft zu besehen und zu holen?« fragte ich. »O ihr Leute, wenn dieses kein Zeichen ist, daß es euch auch ohne dieselbe wohl geht, so sucht und nennt mir ein besseres!«

Hierauf sah mich der Herr Kunemund groß und sehr erschrocken an, schlug sich vor die Stirn und rief:

»Herr Jesus, ja, das hatte ich ja ganz über dem frohen Wiedersehen vergessen! Alle Wetter und die Formalitäten?! Und die Gerichtsherren? und der Signor Ceretto! Um des Himmels willen, Trudchen, Karl, Herr von Schmidt, — wir haben keinen Augenblick zu verlieren. Sie haben uns ja auf zwölf Uhr bestellt — und da — schlägt es dreiviertel. Donner und Wetter, Trudchen, es war doch eigentlich deine Sache, mich daran zu erinnern!«

Achtes Kapitel.

Wenn meine Leser nun etwa glauben sollten, daß wir auf dieses Zusammenfahren und diese Mahnung hin jetzt wie

Besessene von dannen stürmten, der Hinterlassenschaft Mynheers van Kunemund zu, so würden sie sehr irren. Wir nahmen uns doch noch Zeit und hatten derselben auch zur Genüge.

»Davon hat mir Trudchen schon gesagt, Herr Kunemund,« sprach der Matrose und zwar, wie es schien, mit einem etwas befangenen und gedehnten Tone. »Eine Erbschaft haben Sie — hat sie gemacht! Wirklich?«

»Und was für eine!« rief der Meister. »Ich, Gott sei es gedankt, nicht; aber das Mädchen da! Frage nur den Prasem, was für eine gute Partie es geworden ist, und was für süße Augen er ihr machen würde, wenn Moses und die Propheten und vor allen Dingen seine Perl nichts dagegen einzuwenden hätten.«

»Gerechter — mein lieber Herr Kunemund!« rief der alte Jude.

»Leugnen Sie es nicht, Salomo,« rief der Meister, »und dir, Karl, wiederhole ich es mit Nachdruck, der Kleine reibt sich sicherlich heute morgen da oben, oder — da unten die Hände. Eine Goldprinzessin ist das Trudchen und zwar ganz ohne ihr Zutun. Da der Herr Bergassessor von Schmidt meint, es gehöre auch ins Märchen, und kurios ist's auch, obgleich ich bis dato noch nicht herausgebracht habe, was der Herr eigentlich mit der Rede im Sinne hat.«

»Das ist auch gar nicht nötig, alter Hexenmeister!« rief ich lachend; doch über das offene ehrliche Gesicht des jungen Seefahrers war ein sonderbarer Schatten gefallen. Er blickte das schöne Kind, die Gertrud Tofote bedenklich von der Seite an und zerrte unruhig an seinem bunten Halstuche; ich aber las in seiner Seele, und zwar folgendes:

»Also so steht die Geschichte? Und deshalb aus dem Alltagsverdruß und der Leineweberei durchgebrannt und auf See gegangen, um ihr mit dem Sack voll spanischer Dublonen und sämtliche Taschen voll Demanten und Perlen eines Tages vor die Nase in allerhöchster Glückseligkeit treten und sie fragen zu können: Na nu Gertrud? —! Uh! Himmel und Hölle, wenn ich ihr jetzt käme mit dem, was mir die Hadschis eingebracht haben! O verflucht, da wäre es doch am besten, ich hätte das alte Land gar nicht wieder angelaufen.«

Ich beobachtete einen tiefen Griff beider Hände des jugendlichen
Abenteurers tief in beide Hosentaschen hinunter, und sagte wie er in der
Tiefe meiner Seele:

Ja, ja — ja! —

Aber jetzt war es wirklich die höchste Zeit zum Aufbruch geworden, und der
Meister sprach nur noch:

»Herr Bergsekretär, den Karl Schaake nehmen wir mit; denn so halb und halb gehört er doch, von seinen ersten dummen Streichen an, zur Familie;« — dann gingen wir, und hatten nun sogar zu laufen, um die verlorene Zeit einzuholen.

Wir liefen, und die ganze Gaststube in der Stadt Lübeck stellte sich auf die Zehen, um uns respektvoll und mit den notwendigen Glossen nachzusehen. Wir liefen, und statt sich mit Händen und Füßen gegen die Begleitung des Trudchens in das unmenschliche Glück hinein zu wehren, lief Karl selbstverständlich mit der Erbin vorauf.

Es schlug gerade feierlich zwölf Uhr auf Sankt Katharinen,

als wir uns an der alten Kirche vorüber dem Tor
zuwendeten.

»Umstände werden sie uns freilich wohl nicht mehr
machen. Wir können uns dreist in den Honigtopf
hineinsetzen,« sagte der Meister Autor, und es verhielt sich
selbstverständlich so, wie er sagte.

Wir schritten langsamer den jungen Leuten nach durch das
Tor, vorüber an einem der Kirchhöfe der Stadt, und dann
durch eine enge im Zickzack laufende Gasse, zwischen
Planken und lebendigen Gartenzäunen etwa zehn Minuten
fort. Dann standen wir, Gartenhecken, Gärten, Gitter,
Gartenhäuser rechts und links, und suchten uns zu
orientieren. Dann fanden wir uns zurecht und schritten in
eine Nebengasse hinein, in welcher wir dann natürlich
wieder so ratlos als vorher standen.

»Sie wissen es ja, wie er sich verholländert hat,« sagte der
Meister Autor, »nehmen Sie es also nur nicht übel, wenn ich
nach meinem eigenleiblichen Bruder so verrückt frage. —
Sagen Sie, junge Frau, wo hat sich denn eigentlich der
Dachs verklüftet — ich meine mein kleiner Bruder — ich
meine, wo wohnt denn der Herr van Kunemund?!«

Diese Frage war an eine durchaus nicht mehr junge
Weibsperson, die, einen
Henkeltopf tragend, uns entgegenkam, gerichtet, und sofort
erfolgte die
Antwort der dem Gespräch nach leicht erreglichen Dame:

»Hören Sie, wenn Sie den meinen, den kleinen, gelben Kerl,
mit dem vielen Geld — der lebt gar nicht mehr. Sie alter
Narr, wenn aber Sie die Leute vexieren wollen, so gehen Sie
da auf den Kirchhof und dann können Sie —«

Was der Meister Kunemund konnte, wollen wir dahin gestellt sein lassen; wir gingen eiligst weiter und trafen ein kleines Mädchen, welches ebenfalls einen Henkeltopf trug, und welches auf unsere Frage, mit dem Finger deutend, sagte:

»Herr je, da guckt's ja über die Hecke!« und dann sofort Reißaus nahm.

Unsere Augen waren sämtlich der andeutenden Richtung des Kinderfingers gefolgt.

»Richtig!« sagte der Meister. »Nun, Gott sei Dank, jetzt haben wir es doch herausgebracht, wo er sich verklüftet hat.«

Was aber da über die Hecke guckte, das war in der Tat nicht gewöhnlich, und konnte wohl einem, der unvermutet auf den Anblick stieß, einen gelinden Schrecken einjagen. Solch eine kohlschwarze Teufelsfratze mit solchem krausen schloßenweißen Wollenhaar sollte noch zum zweitenmal über eine norddeutsche Hainbuchen- und Nußbaumhecke gucken.

»'s ist sein Mohr, erschrick nicht, Karl Schaake!« rief der Meister; und schon war das Trudchen an der Hecke und reichte dem grinsenden Greuel die Hand in die Höhe. Aber je näher wir andern herankamen, desto mehr versank der Schwarze hinter den grünen Blättern — doch glücklicherweise nur aus Höflichkeit, denn er empfing uns mit einer tiefen Verbeugung an den Rokoko-Sandsteinpfeilern des Gartentores, reichte dem Herrn Kunemund gleichfalls die Hand und sagte:

»Ist es der Herrschaft endlich gefällig gewesen? Wahrhaftig, ich kenne Leute in Bremen, sowie an manchem andern

Platze in und um Europa, die eiliger angerannt gekommen wären.«

»Siehst du, Onkel, das habe ich dir auch gesagt!« rief Gertrude Tofote, und damit traten wir über die Schwelle des Gartens und ein in das Erbe, welches Mynheer van Kunemund der Tochter Arend Tofotes gegeben hatte, und wir sahen alle noch einmal zurück über die Schulter, nur die Gertrud nicht; — Gertrud sagte:

»Oh!« und sah sich nur um.

»Es ist *doch* wunderlich!« sprach der Meister Autor, kopfschüttelnd nach den dichten dunkeln Baumgipfeln blickend, die in der Ferne die Lage des Kirchhofes andeuteten, auf welchem man seinen kleinen Bruder eingescharrt hatte, ohne daß der Meister dabei zugegen gewesen war.

Was mich persönlich anbetraf, so hatte ich mich seit meinen Kindheitsjahren nicht in einer gleichen märchenhaften, neugierig-bänglichen Stimmung wie die jetzige befunden. Und da sich meine Rolle hier doch nur auf die eines horchenden, zurechtlegenden Beschauers beschränkte, so entging mir wenig dessen, was die Stunde bot; und alles, was ich sah, hörte — paßte in das Märchen — vor allem andern auch der junge, verdrossene Seefahrer, Herr Karl Schaake, der Leichtmatrose.

Da standen wir im Grün und in der Sonne und mitten im verwilderten Rokoko. Aus ausgewuchertem dichten Taxus sahen graue Sandsteinfiguren — pausbackige Kinder, hochbusige Nymphen hervor. Der gelbe feine Sand knirschte unter unsern Füßen, und an einer uralten Sonnenuhr in der Mitte des Rundplatzes machte uns der Mohr Mynheers van Kunemund eine zweite und womöglich noch tiefere Verbeugung:

»Dort ist das Haus,« sagte er, auf ein alterschwarzes moosbedecktes Ziegeldach deutend, welches in einer Entfernung von etwa hundert Schritten über das Gebüsch emporragte.

»Und wo sind die Gerichtsherrn?« fragte Herr Autor Kunemund.

Auf diese Frage hin zog Signor Ceretto grinsend die Schulter in die Höhe:

»Die Sennorita darf sich darauf verlassen, daß sie in ihrem Eigentum ist. Der Herr Kunemund weiß das auch recht wohl; er hat es ja selber auf dem Stadtgericht gehört, daß alles in Ordnung sei. Der selige Herr verstand es bis zum Letzten, Ordnung in allen seinen Angelegenheiten zu machen. Das gnädige Fräulein darf dreist weiter spazieren.«

»Was ist denn aber das?« fragte der Meister Autor vor einer rotweißen
Stange stehen bleibend, die mitten im Wege zwischen dem Grün, den Blumen,
unter den summenden Bienen, den flatternden Schmetterlingen und den grauen
Steinbildern im Boden stand.

»Das Gewächs hat das Stadtbauamt neulich eingepflanzt, Herr Kunemund,« sagte der Mohr. »Es findet alles sein Ende in der Welt. Jede Zeit hat ihr eigenes Pläsier und kümmert sich wenig um das der vorhergegangenen. Uns macht nun das Baumfällen Vergnügen. Den Stadterweiterungsplan haben Sie wohl noch nie zu Gesicht gekriegt, Herr Kunemund?«

»Donner und Hagel, sie werden uns doch wohl hier keine

Häuser hinsetzen wollen?!« schrie der Meister Autor, und es
wird auch wieder viel Wasser die deutsche Literatur
herabrinnen, ehe sie wieder ein Grinsen sieht, wie das, mit
welchem Signor Ceretto Wichselmeyer aus dem
Schüsselkorb zu Bremen den Aufschrei des Meisters
beantwortete.

»Sie wollen mir in meinen Garten Häuser bauen?« rief auch
Fräulein Gertrud
Tofote, und zum drittenmal verneigte sich der Zaubermohr
vor ihr und sagte:

»Nach dem Stadterweiterungsplan geht die Prioritätenstraße
grade über das
Grundstück. Ich bitte gehorsamst — sehen Sie dort, an dem
Bassin steht der
zweite Pfahl. Ei, der selige Herr wußte gar wohl, was er tat,
als er den
Garten kaufte. Es war ein solides Geschäft, — nur schade,
daß er die
Kommission mit den Meßketten nicht selber mehr an der
Tür begrüßen durfte.«

Ich hatte die Hand auf einen die Flöte blasenden Satyr
gelegt; der Meister Autor sah mit zusammengezogenen
Augenbrauen an den alten hohen Linden empor, der
Seefahrer war an den Rand des Wasserbeckens getreten und
sah finster hinein, und Trudchen — Trudchen trat zu dem
alten unheimlichen Gartenhüter und fragte:

»Aber dürfen sie denn das, wenn ich nicht mag?«

»Sie werden viel Geld bezahlen, gnädiges Fräulein,«
antwortete Ceretto. »Für viel Geld bekommt man alles, was
man will. Für Geld und für gar nicht viel hat man alle meine
Großväter bekommen, und meinen Urgroßvater sogar für

eine abgelegte neapolitanische Schiffsleutnantshose. Die Überlieferung davon ist in der Familie geblieben von Abu Telfan im Tumurkielande her bis in den Schüsselkorb zu Bremen. Was mich persönlich angeht, so hatte mich der selige Herr, — ich meine immer Mynheer van Kunemund, für vierzig Taler jährlich und einen neuen Bedientenrock alle Weihnachten.«

»Damals sagten Sie mir, Ihre Angehörigen stammten aus dem Lande Kongo,« sagte der Meister Autor, um doch wieder etwas zu bemerken.

»Aus Banza Sonjo! Nicht wahr? Ja, das ist auch wenigstens zur Hälfte richtig. Aus dem Nest war meine Urgroßmutter; die wurde aber auf einen andern Handel zugegeben und kam mit meinem Herrn Urgroßvater erst in Puerto Principe auf Cuba in Bekanntschaft. Sie konnten beide nichts dafür, es sprachen damals auch Geschäftsrücksichten mit, aber, wahrhaftig, bloß die des kreolischen Pflanzers. Nun, ich will dem gelben Schurken heut ein gut Jahrhundert später keinen bösen Leumund darum machen, zumal — heut heute, schönes, junges, gnädiges Fräulein; denn *mir* gefällt die Welt heute recht sehr, recht sehr! Ich meines Teils habe bis dato noch immer mein Vergnügen drin gefunden.«

Neuntes Kapitel.

Wir standen noch einen Augenblick um die Stange des Stadterweiterungsplanes her, und dann wendeten wir uns alle ab und dem Hause zu. Um zu demselben zu gelangen, mußten wir das gleichfalls mit einem bemoosten Rande von Sandstein eingefaßte Wasserbecken umschreiten.

»Das Ding hat eine merkwürdige Tiefe,« sagte Signor Ceretto. »Mynheer und ich haben es ausgemessen. Der Grund ist weit hinabwärts versumpft und verschlammt; ob man allerlei Andenken aus der alten Zeit finden wird, wenn das Bauamt den Fleck trocken legt, kann ich nicht sagen. Es hat aber vieles und wunderliches Menschenvolk hier im Hause gewohnt.«

Hier im Hause! Wir standen jetzt vor dem Hause, in welchem zuletzt Mynheer van Kunemund gewohnt hatte, und welches jetzt dem Trudchen Tofote als Eigentum zugefallen war.

»Zu seiner Zeit war es, trotzdem daß es nicht sehr groß ist, ein Wunderwerk,« meinte der schwarze Gartenhüter. Und wahrlich, ein Wunderwerk war es auch heute noch, und vielleicht grade heute mehr denn je.

»Oh!« rief Gertrude Tofote, nach der Hand des Meisters Autor greifend, aber sie sofort fallen lassend, um die breiten Steintritte, die sich an der ganzen Vorderseite des Gebäudes herzogen, hinaufzueilen. Und wäre jetzt aus der Glastür in der Mitte der Erbauer im Brokatrock mit der Allongeperücke und dem zierlichen Degen, den dreieckigen Hut unter dem Arme, hervorgetreten, um sich mit der ganzen feierlichen Zierlichkeit des Jahres Siebenzehnhundert über ihre Hand zu neigen und das schöne Kind in *sein* Besitztum einzuführen, — niemand von uns andern, die wir noch auf dem heißen gelben Sande vor den breiten Treppenstufen standen, würde einen außergewöhnlichen Schauder darob verspürt haben.

»In der Umgegend von Batavia trifft man auch solche kuriose alte
Gartenhäuser,« sagte der Matrose. »Aber sie versinken allmählich im

Sumpfe.«

»Ruppig, aber wunderschön!« rief der Meister Autor. »Und *das* wollen sie auch wegbrechen, ihrer dummen Straße wegen?«

»Das erst recht, Herr Kunemund. Ich meine doch, es hat lange genug gestanden,« sagte Ceretto, »aber die Herrschaften sehen, die junge Herrin wird ungeduldig — gehen wir hinein; inwendig ist's noch viel absonderlicher, und wir haben gleichfalls das Unsrige geleistet, um die Wirtschaft für das gnädige schöne Fräulein so bunt als möglich herzurichten. O, darauf verstanden wir uns: ich und der selige Herr. Wir haben beide, jeder in seiner Art, die Welt danach abgegraset.«

Wir erstiegen nun auch die breiten Steinstufen zwischen den beiden verwitterten Sphinxen und standen vor der schon erwähnten Glastür und den fast bis auf den Boden herabreichenden Fenstern des Hauses.

An der Türe erwies sich der wunderliche Führer aber nochmals als ein für seine Aufgabe vollkommen passender Mann.

Mit einem lächelnden Blick auf Gertrude deutete er nochmal zurück auf den Garten, — die Blumen, den ausgewucherten Taxus, das sonstige Gebüsch und die mannigfachen Bildwerke, die aus dem Grünen hervorsahen: Blumenkörbe tragende Nymphen, Pansflötenbläser und pausbackige Kinderfiguren.

»Sie haben alle gewartet!« sagte er. »Sie haben auf das Fräulein gewartet.
Sie haben sich gelangweilt über hundert Jahre.«

»Das glaube ich!« brummte der Leichtmatrose Karl Schaake.

»Es war zwar sehr freundlich von ihnen, aber nötig war's nicht. Was haben sie mit dem Trudchen zu schaffen, die lächerlichen alten Galionbilder?... Nichts!«

»So?!« sagte der Meister Autor Kunemund. »Hast du deshalb dem Kerl da einen solchen grimmigen Nasenstüber versetzt, Karl?«

Und er zeigte auf einen mit einem kaum noch erkennbaren Bogen bewaffneten knieenden Amor unter einem Rosengebüsch, gerade der Eingangstür des Hauses und dem im Sonnenlicht glitzernden Wasserbecken gegenüber. Sicherlich wußte Herr Autor durchaus nicht, wie fein er sich durch sein Wort und seine Handbewegung erwies. —

Zehntes Kapitel.

Die Jahre sind hingegangen seit dem Tage. Nicht viele Jahre — fünf zum höchsten, kurz eine lange, lange Zeit. Ich habe das Meinige erlebt währenddem — die Welt roch einige Male recht brandig — Saturn entwickelte mehrmals einen gott- oder göttergesegneten Appetit: die Knochen seiner Kinder knackten und knirschten unter seinen Zähnen; es floß ihm rot an den Kinnladen herab; hier und da lief das Blut in den Straßengräben und Ackerfurchen: im Bunten eine buntfarbige Erinnerung mehr, das ist das einzige, was mir von jenen Stunden blieb, jenem Tage, an welchem Herr Kunemund mich abholte, seine kleine Freundin in ihre Erbschaft zu geleiten.

Es war ein Gebäude, wie es im achtzehnten Jahrhundert die Herren aus der Umgebung Serenissimi in großen und kleinen Residenzen in ihren Gärten versteckten, und wie es

in so manchem Schau- und Trauerspiel, in so manchem
Roman nicht nur des achtzehnten, sondern auch des
neunzehnten Jahrhunderts sich aufbaut als Schauplatz von
Liebe und von Kabale. Ein Häuschen, in welchem aber auch
von Thümmel seine Wilhelmine hätte schreiben können,
und in welchem der Verfasser der Reise in die mittägigen
Provinzen von Frankreich sich auch unter dem, was
Mynheer van Kunemund hinzugetan, gewiß nicht
unbehaglich gefühlt haben würde. Die Stukkaturplafonds
und die Schnörkelschnitzeleien an Tür und Pfosten hatten
dem Geschmack des alten abenteuernden Heimtückers
zugesagt, und er hatte das Seinige getan und alles
verblichene Gold neu auffrischen lassen. Auch die Decken-
und Wandmalereien hatte er zum größten Teil konserviert,
und die bekannten Abgöttereien, Schäfereien, Jägereien und
Fischereien ergötzten das Auge fast von jeder Richtung her.
Aber Mynheer hatte auch ein Gusto für buntes Fensterglas
mit in seinen lichten Schlupfwinkel gebracht und seine
Gemächer in das bunteste Licht gekleidet. Und was er von
seinen Weltfahrten an Wunderdingen mitgeschleppt hatte,
das hatte er auf den Tischen und Schränken und die Wände
entlang aufgehäuft und angehängt. Selbst die Fußböden
hatte er durch ausländische farbenprächtige Teppiche und
die Felle fremder Tiere nach Möglichkeit wunderlich
ausgestattet; das Ganze überwältigte, selbst nur als
Raritätensammlung betrachtet, beim ersten Durchschreiten
der Räume vollständig.

Aber die Lebendigen waren doch das Merkwürdigste, — sie
stehen mit jedem Worte, mit jedem Gestus fest in meiner
Erinnerung — der Meister Autor, das schöne Waldfräulein
und der Leichtmatrose und Pilgerführer Karl Schaake von
der Hamburger Barke Kehrwieder.

Ich sehe den Bremer Mohren, Ceretto Wichselmeyer, eine

Tür nach der andern vor der neuen Herrschaft öffnen; ich sehe das süße Kind immer größere und glänzendere Augen öffnen, aber ich sehe es auch von Schritt zu Schritt immer mutiger und mutwilliger werden. Ich sehe, wie sich Fräulein Gertrud Tofote lachend auf weiche Polster wirft, um sofort wieder aufzuspringen und über die orientalischen Decken, die Tigerfelle mit leichter Hand zu streichen; ich sehe sie mit bunten Schmuckkästchen in der Hand, mit einem javanischen Federfächel in der Hand, — ich sehe sie mit einem Korallenschmuck im Haar vor einem der vergoldeten Spiegel. Ja, ich sehe das Lächeln, mit welchem sie sich in den Spiegeln des Hofmarschalls von Kalb oder des Oberschenks von Bock, und zwar auf den Teppichen Mynheer van Kunemunds stehend, beäugelt; und ich sehe auch den Meister Autor Kunemund, der hinter ihr hertritt, sich über ihr Entzücken freut und doch dann wieder auch stehen bleibt und kopfschüttelnd und traurig sie, unbemerkt von ihr, lange und fest ins Auge faßt.

Ich sehe dann den Meister Autor, wie er den Stock seines »kleinen Bruders« in einer Ecke findet und am Nagel den Hut des Seligen. Ich sehe, wie er vor diesen Stücken der Erbschaft lange mit dem schwarzen Zauberhüter der tausend Herrlichkeiten flüstert, um von neuem den Kopf zu schütteln. Ich belausche einen tiefen Seufzer des Alten, während aus dem Nebengemache, hinter dem schweren sammetbefranzten Türvorhang her, ein neuer, heller, lachender Jubelruf des jungen Mädchens erklingt; den jungen Seefahrer erblicke ich in diesem Momente nicht, aber ich finde ihn noch wieder — im Märchenhause Mynheers van Kunemund und in meiner Erinnerung. —

Wir haben allgemach das ganze Haus durchstöbert und kehren nun zurück durch den Wirrwarr der bunten Räume, um das lustig verzauberte Gartenschlößchen auch von außen zu umschreiten und den Garten einer neuen und eingehenderen Durchforschung zu unterwerfen. Und auf diesem Rückmarsche finde ich meinen jungen Salzwassermann in einem Winkel eines der vordern Gemächer, und zwar in mürrischer Betrachtung der Schlange unter den Blumen.

Er saß auf einem Eckpolstersitz und hatte von einem Hängebrett zur Seite den Gegenstand herabgeholt, der ihn so sehr bedenklich machte, daß er alles andere darüber vergaß.

Als ich an ihn herantrat und ihm die Hand auf die Schulter legte, fuhr er sogar zusammen und wurde sofort sehr rot, was ihm, beiläufig gesagt, gar nicht übel stand.

»Was haben Sie denn da aufgegabelt, das Ihre Aufmerksamkeit so sehr in Anspruch nimmt, lieber Freund?« fragte ich, und der Leichtmatrose erwiderte verlegen und womöglich noch röter werdend:

»O nichts!«

»Dem scheint doch nicht so zu sein. Bitte, lassen Sie doch einmal sehen, was Sie Gefährliches da hinter Ihrem Rücken verbergen.«

Und jetzt sprudelte und stotterte der junge Mensch heraus, was ruhig und lachend zu sagen er sich zu schämen schien:

»Ich weiß nicht, wie das hierher kommt, und ob der, welcher es hierher gebracht hat, gewußt hat, was es bei sich zu Hause bedeutet. Aber auf den Inseln der Banda- und der Harafura-See schafft ein Feind es dem andern verstohlen ins Haus oder aufs Schiff und geht nachher hin und reibt sich die Hände und wartet ruhig den Erfolg ab. Sie sagen und glauben fest daran, daß es Unglück bringe — daß Haus und

Schiff zugrunde gehen müsse, wenn es nicht noch frühzeitig wieder hinausgeworfen werde. Es ist natürlich eine Narrheit; aber kein malayischer Seemann duldet es auf seinem Schiff, und ertappen sie einen, der es böswillig in der Hosentasche trägt, fliegt beides über Bord, der braungelbe Kerl wie das graugrüne Zauberding.«

»Das ist ja recht interessant! Aber was ist es denn? Zeigen Sie doch einmal, lieber Karl!«

Zögernd legte der Leichtmatrose einen dem äußern Anschein nach höchst unverfänglichen Gegenstand in meine Hand, nämlich einen schwärzlichgrünlichen Stein von eirunder Form und der Größe einer Weiberfaust. Bei näherer Betrachtung erwies sich jedoch, daß das Ding bezeichnet war und nicht ohne Kunst und Mühe zugerichtet, daß es also auch wohl für den Verfertiger seine Bedeutung haben mußte. Die eine Hälfte war mit einem Durcheinander wahrscheinlich sehr magischer und niederträchtiger Schriftzüge bedeckt; auf der andern Hälfte wies sich ein Gesicht eingegraben, und seltsamerweise hatte sich der Künstler augenscheinlich bemüht, so gut es ihm eben möglich war, jedwede Fratzenhaftigkeit davon fernzuhalten, und das war ihm auch so ziemlich gelungen. Es gab sicherlich häßlichere molukkische Frauen und Göttinnen, als diejenige gewesen sein mußte, die zu diesem Skulpturwerk Modell gesessen hatte.

Nachdem ich das magische Ei mit gebührender Aufmerksamkeit hin und her gewendet, es unter jeglichem Gesichtspunkt betrachtet und zuletzt sogar berochen hatte, gab ich es zurück und zuckte die Achseln.

»Sie nennen es den Stein der Abnahme und dulden es nicht,« sagte Karl
Schaake.

»Der Stein der Abnahme?! Freilich ein sonderbares, bedeutungsvolles
Wort!... der Stein der Abnahme!«

Ich nahm das Ding zum zweitenmal und betrachtete es noch einmal von allen
Seiten, indem ich wiederholte:

»Der Stein der Abnahme!«

Den Schriftzügen vermochte ich nichts abzugewinnen, wohl aber allmählich dem Weibergesicht. Die Phantasie tut in allen diesen Stücken das Ihrige und tat das auch jetzt. Das kindische, unsichere Bild gewann ein tierisch-stupides Leben, und über alles einen Zug von unerbittlicher Grausamkeit und kahlem, nichtssagendem Hohn, der es mich auf der Stelle zum andernmal zurückgeben ließ:

»Sie dulden es nicht?«

»Unter keinen Umständen! Sie reißen selbst das Haus nieder, in welchem es gefunden wird.«

»Und Sie, lieber Freund, verspüren all Ihrem Europäertum zu Trotz ebenfalls nicht die mindeste Lust, dieses Es, diesen — Stein der Abnahme, hier — grade hier, in diesem Hause zu dulden? Es juckt Sie längst in allen Fingern, das Entsetzliche verstohlen in die Tasche zu schieben und es nachher in den Fluß zu werfen, da wo er Ihnen am tiefsten vorkommt? Nicht wahr?«

Der junge Mann nickte mit allem Nachdruck, den Blick nicht von mir abwendend.

»Nun, was hindert Sie denn, lieber Karl? Ich meine, wir können es vor dem
Meister Autor, dem Bruder Mynheers van Kunemund, wie

vor der niedlichen
Erbin Mynheers — und vor letzterer am ersten
verantworten. Sehen Sie, das
Fenster steht weit genug geöffnet. Werfen Sie, und reinigen
Sie das Haus
von dem Unheil!«

So vieler Worte hatte es kaum bedurft. Beim ersten bereits
war der
Seefahrer aufgesprungen, und jetzt flog im weiten Bogen der
Stein der
Abnahme aus dem Fenster und klatschend mitten in das
Bassin vor dem Hause.

»So — gottlob!« rief tief aufatmend Karl.

»So!« sagte ich lachend und habe späterhin Gelegenheit
gefunden, mich dieses Lachens mehrfach zu erinnern. Fürs
erste fanden wir uns noch einmal im Garten unter den
Bienen, Blumen und Schmetterlingen zusammen und
beredeten noch dieses und jenes, woran Gertrud Tofote,
versunken in ein unruhiges Träumen, wenig Anteil nahm.

Dann fragte Herr Kunemund:

»Du wirst doch heute mit uns essen, Karl?« und Karl dankte
zögernd und sagte:

»Ich habe der Muhme im Cyriacihofe versprochen, heute bei
ihr zu bleiben, und sie wird schon längst eine recht schöne
Rede über mein Ausbleiben für mich in Bereitschaft haben.«

So nahmen wir Abschied. Wir, der Seefahrer und ich, ließen
die Erbin im Besitz der Erbschaft Mynheers van Kunemund,
und ein jeder ging seines eigenen Weges: ich den meinigen,
wie gesagt, durch verschiedene Jahre. In diesen Jahren hatte
ich das Meinige in Wohl und Wehe abzutun und konnte

mich nicht immer mit dem, was andere Leute eigentlich allein anging, beschäftigen. Aber dessenungeachtet behielt ich diesen Tag mit allen seinen Figuren und Vorgängen in merkwürdiger Frische in der Erinnerung. Den Meister Autor hatte ich ja sogar, wie man das so nennt, liebgewonnen. Und wenn man sich gewöhnlich wenig mehr bei dem Wort denkt, als daß ein wohltuend warmes Behagen von der oder der Persönlichkeit für uns ausgeht, so trat hier doch noch etwas anderes hinzu: ich hatte nämlich den Meister auch da zu respektieren, wo sich mein ganzes, oft flüchtig genug im Tage lebendes Wesen gegen seine Natur und sein Treiben als gegen etwas ganz Gewöhnliches und Einfältiges, wenngleich ungemein Feststehendes sträubte.

Das Behagen behielt freilich stets die Oberhand. In mancher verdrießlichen Stunde schweifte meine Seele mit Wohlgefühl in des Alten Einsamkeit und sein sagenhaftes Leben hinüber; und in mancher unsichern Stunde habe ich ihn, den Meister Autor Kunemund, in der Einbildung um Rat gefragt, denselben jedesmal erhalten und wirklich dann und wann befolgt und zwar niemals zu meinem Schaden, wenngleich sehr häufig zur unmäßigen Verwunderung anderer Leute.

»Dem Mann geht es immer gut! Dem Mann kann es nie schlecht gehen!« dachte ich, und saß mit ihm in der Phantasie an der Schnitzbank und spielte mit dem tapfern, blanken Messer seines königlichen Ahnherrn. Und mit ihm sah ich seinen Wald im Frühlings-, Sommer-, Herbst- und Wintergewande, in Sonnenlicht und Nebel, und sah die Alte und den Förster Tofote und das Kind, das schöne Kind. Und während ich an meinem eigenen Leben schnitzelte und zwar im Holz, das mir überwiesen worden war, philosophierte ich dann und wann, wie es sich gehörte, über das Material, welches andern in die Hände fiel, so zum Exempel über die Erbschaft Mynheers van Kunemund. Hundert Meilen entfernt vom Elmwalde kümmerte ich mich um jenen wunderlich schönen Garten, die liebliche Erbin darin und dachte an die rotweiße Meßstange, welche jener Stadterweiterungsplan der armen Gertrud Tofote zwischen ihrem Flieder, Jasmin und ihren Rosen eingepflanzt und aufgerichtet hatte. —

Elftes Kapitel.

Der Schnellzug hielt im freien Felde, ungefähr eine halbe Stunde von der Station, und während fünf Minuten unterhielten sich die Reisenden in sämtlichen Wagen, in der Erwartung, daß es sogleich weiter gehen werde, ruhig über die möglichen Gründe des plötzlichen Anhaltens. Nach einer weiteren Minute bogen sich die ungeduldigeren Passagiere aus den Fenstern, um sich nach diesen Gründen umzusehen, und einen kürzesten Moment später bot die lange Wagenreihe mit den daraus hervorguckenden Köpfen den Anblick einer Straßenseite, wenn drunten in der Gasse etwas ganz Außergewöhnliches vorgegangen ist oder vorgeht. Wenn nun aber auch kein Kanarienvogel der zärtlichen Pflege seiner altjüngferlichen Herrin entschlüpft war, so war nichtsdestoweniger etwas, wenn auch nicht Außergewöhnliches, so doch gewiß ziemlich Aufregendes passiert, zumal für diejenigen, welche dergleichen noch nicht auf ihren Reisen erlebt hatten.

»Personen- und Güterzug entgleist … Bahn unfahrbar!… Heizer und Lokomotivführer tot, viele Passagiere verwundet!« ging es plötzlich von Mund zu Munde durch alle Klassen des Zuges, und die bereits am Rande der

Böschung in Gruppen stehenden Schaffner ließen sich nunmehr allgemach herbei, die Nachricht zu bestätigen und fingen auf Befehl des Zugführers an, die Wagentüren zu öffnen.

Allgemeines Herausklettern — Durcheinander von Frage und Antwort — hie und da Mitleid und Entsetzen in den Mienen; aber meistens doch nur, je nach dem Charakter oder der Eile der persönlichen Reisenot heftiges Gestikulieren, leises Murren und lautes Schimpfen! Wer es schon mitgemacht hat, weiß es, wie die Welt in solcher Lage sich gibt; wer noch nicht im freien Felde vor die Alternative gestellt wurde, in dem Coupé zu übernachten, oder nach eigenem Können und Vermögen seinen Weg über das Hindernis da vorn auf dem Geleise zu suchen, der mag sich selber den Puls fühlen. —

Was mich anbetraf, so hatte ich wenig zu versäumen, und nachdem mir die Gewißheit geworden war, daß für eine längere Zeit an ein Freiwerden der Bahn und ein Weiterfahren des Zuges nicht zu denken sei, ergab ich mich gleichmütig in die Situation, sah mich um und suchte mich in der Gegend zurecht zu finden.

Wir hielten in der Ebene, wie gesagt, eine halbe Lokomotivviertelstunde von der nächsten Station entfernt, hatten also einen ziemlich beträchtlichen Weg, und zwar auf sehr schlechtem und gar noch dazu durch ein heftiges Gewitter am frühen Morgen aufgeweichtem und grundlos gemachtem Pfade zu dem Orte hin. Aber es war ein herrlicher, klarer, sonniger und doch durch eben jenes Morgengewitter erfrischter Sommernachmittag, und es gab schlimmere Klemmen als die meinige im menschlichen Leben: ich wenigstens hatte schlimmere und zwar ziemlich heiter überwunden, wenn auch dann und wann nur aus dem einfachen Grunde, weil ich mußte.

Ich hatte mich bald in der Gegend zurechtgefunden. In der Ferne, gegen Nordost zog sich wieder einmal der Elmwald hin; in der hügeligen Ebene zwischen dem Walde und der Eisenbahn, ungefähr eine Viertelwegstunde von der letztern lag ein Dorf in Gebüsch, Wiesen und Kornfeldern, und der Weg, den wir sämtlich zu treten hatten, wenn wir das Hindernis vor uns umgehen wollten, führte durch dieses Dorf. Zu Haufen und einzeln, teilweise schwer genug mit ihrem Gepäck belastet, schritten die Insassen des Bahnzuges den roten Dächern zu; ich aber, mit ein wenig besserm Humor für das Ertragen der Verdrießlichkeit ausgerüstet, ließ den Schwarm voranziehen. Eine Zigarre anzündend, klomm ich ihm den Hohlweg hinauf langsam bis auf die Höhe nach, erstieg dann die Böschung und saß am Rande eines unübersehbaren Weizenfeldes unter einem schattigen Fliederbusche nieder, und zwar in ziemlich eigentümlicher Stimmung.

Da war eben noch der wirreste Lärm, das Rasseln der Räder, das Geschwätz der Mitreisenden, das Ächzen der Maschine, kurz der Dampf, Qualm und die Musik der ganzen kostbaren Erfindung um mich gewesen und jetzt — die tiefste Stille — bis auf die Lerchen über mir im Blau und die Grille neben mir im Thymianbusch. Und, weithin zu überblicken, lag die Ebene im Sonnenduft, und im Süden das Gebirge im weißlichen Glanze. In Schlangenlinien zog sich der Bahnkörper durch die Fläche und um die Hügel, hier verschwindend, dort von neuem auftauchend, bis sich die Windungen im Dunste der Ferne verloren. Die Sonne glitzerte auf den Schienen; und dort, zwei- bis dreihundert Schritte von meinem grünen Busche entfernt, zwanzig Fuß tiefer als er, lag wie ein verendendes Ungeheuer der schwarze lange Wagenzug mit dem nur noch leise auskeuchenden Kopfe des Drachens, der Lokomotive. Nur die Beamten — der Lokomotivführer, Heizer und Schaffner waren noch um die Wagen beschäftigt, und in den ersten Klassen hatten einige verdrießliche Herrschaften von beiden Geschlechtern verzweiflungsmatt ihre Plätze festgehalten.

»Wie schön doch die Welt geblieben ist!« sagte ich erstaunt. »Gütiger Himmel, und das liegt noch immer dicht neben uns, und lächelt uns mitleidig nach, während wir da vorüberrasen, befangen im Wahn in dem wüsten Gelärm durch eigenes Mitlärmen, Mitkeuchen und Mitgreifen das zu gewinnen, woran wir längst vorbeigewirbelt wurden. Welch eine Fratze schneidet uns unser eigenes Leben, wenn wir es einmal in der rechten Beleuchtung anschauen! Meine Herrschaften, da wäre die Gelegenheit, für die, die da lachten, zum Weinen, und für die, die da weinten, zu einem Lachen zu kommen! O verflucht, lieber von Schmidt!«

Ich hätte in dieser märchenhaften Stimmung fast die Zigarre als eine =frivolitas frivolitatum= in den Hohlweg hinunter und der Eisenbahn zugeworfen, tat es aber natürlich doch lieber nicht, sondern blinzelte behaglich mit einem befreienden Atemzug in das Bessere, ohne das Gute zu verwerfen, bis das Märchen noch freundlicher seine Hand mir in die helle sonnenvolle Stunde hinein und entgegen streckte, und mir die Gelegenheit bot, die beste Bekanntschaft, die ich in der Gegend hatte, zu erneuern.

Der goldene Weizen dicht hinter mir sang leise im leichten Winde. Die letzten Passagiere hatten sich längst aus meinem Gesichts- und Gehörkreise verloren, als das Gebell eines Hundes und der Schall von Fußtritten im Korn mich bewog, mich langsam und widerwillig nach der Störung hin umzudrehen. Ein enger Pfad durchschnitt querüber die gelben Wellen der Halme und Ähren und mündete, ungefähr sechs Schritte von meinem Ruheplatze, in den Hohl und Dorfweg hernieder leitend. Auf diesem kaum fußbreiten Pfade durch das hohe Korn bewegte sich ein

breitkrämpiger grüner Filzhut mir entgegen — kam ein
Mann, ein alter weißköpfiger Mann, mit bereiftem Kinn,
lang, schlotterig und gebückt, die kurze Pfeife im Munde,
und dicht vor den Füßen begleitet oder besser geleitet von
einem, dem Anschein nach, nicht mehr jungen
Dachshunde, und trat, als ich grade die Hand über die
Augen legte, um die malerische Erscheinung genauer zu
betrachten, an den Rand des Hohlweges mit der Absicht, in
ihn hinunterzusteigen.

So viele Leute ich während der letzten Jahre aus dem
Gedächtnis verloren hatte, den Meister Autor Kunemund
hatte ich nicht daraus verloren und — hier war der Meister
Autor!

Unverkennbar war er es! ein wenig greisenhafter und
körperlich gebrochener, auch wohl noch ein wenig blinder,
aber doch der ganze Meister Kunemund!

Mit einem Rufe der freudigsten Überraschung sprang ich in
die Höhe und rief den guten Namen, und jetzt legte auch
der Alte die Hand über die Augen, und so standen wir und
sahen uns an. —

Er erkannte mich natürlicherweise nicht sofort und wollte
eben nach einem kurzen höflichen Gruße weiter gehen, der
Eisenbahn zu, als ich ihm den Weg vertrat und ihm die
Hand bot.

»Wir waren einmal gute Freunde, Herr Kunemund,« sagte
ich. »Und ich hoffe, daß wir uns als solche heute
wiederfinden.«

Nun nannte ich ihm meinen Namen, und er rückte mir
rasch unter die Nase zu genauester Betrachtung, und dann
ging ein breites Lächeln des Erkennens ihm über die

verwitterten Züge; er schüttelte mir kräftiglich die Hand und rief:

»Herr, sieh, sieh, das freut mich, das freut mich aber wirklich! Sehen Sie, lieber Herr Bergrat, grade an Sie habe ich eben noch gedacht, und wie oft ich die letzten Zeiten hindurch an Sie gedacht habe und Sie gern einmal gesprochen hätte, das kann nur ich alleine wissen. Also aber vor allem andern, Ihnen geht es doch nach Wunsch in der Welt?«

Wem geht es eigentlich nach Wunsch in der Welt? Wem ging es irgend einmal zu irgendeiner Zeit danach? Ich zuckte die Achseln, doch da ich augenblicklich wenigstens mich über einen außergewöhnlich scharf zubeißenden Lebensverdruß nicht zu beklagen hatte, so rief ich: »Man soll um Gottes willen die Götter nicht eitel machen; ich werde mich sehr hüten, sie zu loben; aber sonst, jawohl, geht es mir ganz gut!« und damit gab ich ihm seine Frage zurück. Da zog auch der Alte die Schulter in die Höhe, und ich brauchte die Bestätigung durch sein Wort nicht abzuwarten; ich sah es schon selber, daß es ihm nicht gut ging, und daß der Staub und Dampf der Erde ihn doch noch ein wenig mehr als mich zugedeckt habe und überwölkt halte. Ich sah schon auf den zweiten Blick, daß der Meister Autor der Mann nicht mehr war, den wir einstens, an einem Sommertage im Walde getroffen hatten, das Kind hütend, und mit dem Kinde geheimnisvolle Wunder in der Einsamkeit erlebend — er war heute vielleicht noch etwas mehr!

»Nun, ich bin auch noch ganz zufrieden, lieber Herr,« sagte der Greis; allein das Wort kam zögernd heraus, und er brach ab und fragte: »Was ist denn dorten passiert auf der Bahn? Ich hörte im Felde von einem, daß ein Unglück geschehen sei, und kam, um nachzusehen. Sind Sie auch mit betroffen, Herr?«

Ich beruhigte ihn und gab ihm Nachricht und Auskunft über den Vorfall, soviel ich davon zu vergeben hatte.

»Ihre Hülfe ist da unten nicht vonnöten, Herr Kunemund. Ihr wißt freilich manchen Zauberspruch, Meister; aber ein Eisenbahngeleise macht Ihr doch noch nicht frei durch Euren guten Willen. Also wenn Sie es sonst nicht eilig haben, verehrter Freund, so gönnen Sie mir ein Viertelstündchen Ihre Gesellschaft. Sehen Sie, da habe ich unter dem Busch gesessen in nicht unfröhlichen Gedanken, und jetzt kommen Sie durch das Weizenfeld, der Mann, der mir vor allen Menschen notwendig war, die gute Stunde zu vollenden! Es geschehen doch noch Wunder, und das Wurzelwerk und Kraut hier unterm Busch ist auch nicht ohne Grund zu einem Sitz für uns beide zurechtgemacht. Setzen wir uns, und dann, Meister, Meister, wie geht es im Walde? Was macht das Haus mit den Hirschgeweihen auf den Giebeln? was kocht die Alte? und was macht der Förster und Euer wunderschönes Pflegekind, die Gertrud Tofote, die ein so reiches Mädchen geworden war, als wir uns zuletzt sahen — wißt Ihr noch? Wahrhaftig, ich verwirre mich fast; nach so vielen guten Bekannten und Freunden habe ich mich bei Euch zu erkundigen!«

»Da wird es freilich besser sein, daß Sie mir einen Platz an Ihrer Seite geben, lieber Herr. Man fragt eben nicht nach vielen Leuten in der Welt, wenn es Freunde sind, ohne daß man eine ausführliche Antwort erwartet. Ich habe wohl Zeit zu allem; aber wissen Sie ganz gewiß, daß Sie dergleichen haben? Ich habe es oft gefunden, daß die Leute sich hierin irren, als worauf sie dann selber sich ärgern und man selber den Verdruß davon hat.«

Zwölftes Kapitel.

Wir saßen beieinander am Rain, im Schatten und doch in der Sonne. Der
Thymian roch noch immer sehr gut, die Grille sang, die Lerche sang und das
Ährenfeld sang auch, und zu allem andern ließ sich jetzt auch noch eine
Wachtel aus dem Weizen vernehmen; aber der alte Zauberer sagte trüblich:

»Also erstens, ich wohne nicht mehr im Walde!«

»Was, Sie wohnen nicht mehr im Walde?«

Er schüttelte den Kopf:

»Nein. Und der Arend auch nicht mehr, und die Alte desgleichen. Ein neuer Förster sitzt an unserer Stelle, und die Forstbehörde hat ihm das Haus restauriert; das heißt, als man auf sein Geschrei anhub, es ihm zu erneuern, ging es natürlich ganz aus den Fugen, und so hat man ihm ein ganz neues hinsetzen müssen. O das ist wunderschön, sie nennen es gotisch und haben lange drauf studiert, bis sie die Form herausgebracht haben, sagt man, aber jetzo haben sie sie heraus, und nun geht sie ihnen leicht genug ab, an jeglicher Stelle, wo man ihnen den Platz dazu anweist. Ja Herr, was Sie damals von und an uns kannten, das ist alles nicht mehr vorhanden. Alles zerstreut — verkauft — ins Blaue gejagt! Ich auch; aber ich bin gottlob auch der einzige, der es noch nicht verwunden hat. Danke, Herr, den andern geht es recht wohl.«

»Meister, Meister?!… Meister, was ist das? Seine Freunde soll man nicht durch unnütze Reden quälen. Laßt mich alles hören und so schnell als möglich! Wie geht es dem Förster?

Was ist aus Fräulein Gertrud geworden?«

»O, *der* geht es sehr, sehr gut. Danke schön!« sagte der Alte, den Kopf womöglich noch tiefer auf die Brust herabsinken lassend.

»Gottlob! Und ihr Vater wird bei ihr wohnen, und die Alte gleichfalls — was jagt Ihr einem für einen unnötigen Schrecken ein! — Sie alter Sünder werden nur hier Ihren eigenen schnurrigen Willen für sich allein weiter haben wollen, und in melancholischen Augenblicken wie zum Exempel jetzt haben Sie dann freilich alle Zeit, sich über sich selber zu ärgern.«

Der Greis schüttelte wiederum den Kopf, aber diesmal lachte er dazu; wahrlich er lachte, und zwar ganz behaglich, als er mir entgegnete:

»Ganz so, wie Sie es sich vorstellen, ist die Geschichte doch nicht, lieber Herr. Der Arend Tofote hat freilich bei unserem Kinde sein Quartier genommen, aber ausgehalten hat er das nicht lange. Zuletzt wollte er seinen schnurrigen Willen auch allein haben, und so hat er sich denn begraben lassen, und zwar als er auf Besuch bei mir da im Dorfe war. Dort drüben jenseits des Weges auf dem Kirchhof im Felde liegt er; und die Alte ist zu ihrer Vetterschaft hinter dem Walde gezogen; ich hingegen, lieber Herr, wissen Sie, spiele hier den Maulwurf auf der Schaufel; aber Vergnügen macht es mir gerade nicht. Nur wer jemals selber den Maulwurf auf der Schaufel hat spielen müssen, kann darüber nachsagen oder nur ein Wort mitreden.«

»Wahrlich!« rief ich mit heftigstem Nachdruck aus der Mitte meines Schreckens heraus; aber ich sagte weiter nichts, denn ich hatte nun allmählich wohl merken müssen, daß hier mit einiger Vorsicht aufzutreten sei. Ich unterbrach also das

Schweigen, in welches der Meister Autor versunken war, nicht; sondern ich ließ ihn seinen eigenen Weg durch seine Erlebnisse gehen, in der festen Gewißheit, daß er mich baldigst auffordern werde, ihm auf demselben zu folgen. Und so geschah es auch. —

Der Himmel war blau über uns, freudig-lockend das ferne Gebirge, grün der nähere Elmwald. Die Schmetterlinge umflatterten uns, die roten und blauen Blumen am Rande des Kornfeldes nickten uns lieblich zu, im Dornbusch und im Fliederbusch war's lebendig und kroch und summte es, und die Lerchen und die Wachtel wollten auch nicht still werden. Die Welt war sehr schön, selbst an dieser eigentlich ziemlich unschönen und ganz und gar nicht romantischen Stelle; aber ein schauerlich Grauen ob der Gewißheit, daß mir von neuem einmal gezeigt werde, daß sie ebenso häßlich als schön sei, durchfröstelte und überkroch mich. Notwendig erschien mir das neue =argumentum ad hominem= grade nicht, und ich würde mit Vergnügen Verzicht darauf geleistet haben.

Nachdem der Alte lange genug geschwiegen hatte, sah er auf und sagte mit einem letzten Blick auf den bewegungslosen Bahnzug:

»Ich hatte mir vorgestellt, daß man da vielleicht eine Handreichung brauchen könne, wenn dem aber nicht so ist, so meine ich, wir gehen weiter, lieber Herr; und, Herr Bergrat, da ich Sie doch einmal wieder zu meinem großen Vergnügen so unvermutet getroffen habe, so habe ich jetzo auch eine Bitte an Sie. Kommen Sie auf ein Viertelstündchen in meine Stube! Sehen Sie es sich einmal an, wo ich untergeschlupft bin! Sie tun ein gutes Werk an einem nichtsnutzigen, überflüssigen Gesellen, der noch nie in der Welt sich zurechtfinden konnte, und der jetzt ganz an den Nagel gehängt ist, wie ein Junggesellen-Bratenrock, in den, statt des jungen Nachwuchses, die Motten kamen. Ja ihr, die ihr euch da umtreibt (er wies auf die glitzernden Eisenschienen, die sich durch die Landschaft zogen), ihr, die ihr alles, was euch passiert, von einem Tage zum andern zu nehmen wißt, ihr könnt euch freilich nicht in unser Gemüte hineinversetzen.«

»Herr Kunemund,« sagte ich, »wann fehlen der Leiter, die in einen Brunnen hinunterreichen soll, *nicht* einige Sprossen!«

Ich hätte mich eines philosophischen Ausdrucks bedienen können, ich hätte mich höchst schulgerecht ausdrücken können; aber da mich der Meister verstand, so war's nicht vonnöten; und zu allem Übrigen war die Redensart auch ganz und gar sein Eigentum und nicht das meinige. Er klopfte mich freundlich auf die Schulter, und wir standen auf aus dem Gras, Moos und Thymian.

Das schwere, mühselige Sichemporheben des Alters bekümmerte mich bei dem greisen Freunde jetzt ebenfalls noch; ich half ihm höflich, und wir gingen dem Dorfe zu, ohne auf dem Wege noch ein Weiteres miteinander zu reden. —

Im Dorfe herrschte noch immer eine gewisse, ganz kuriose großstädtische Bewegung. Wie ein Schwarm Stare in ein Röhricht fällt, so hatte sich das sozusagen allgemein europäische Publikum von dem aufgehaltenen Schnellzuge auf das erstaunte winzige Gemeinwesen niedergeschlagen, und allerlei Volk, das durchaus nicht dahin gehörte, erfüllte die Gasse. Die Dorfleute sahen mit den allergrößesten Augen in das so plötzlich über sie hereingebrochene Wesen und Treiben hinein, und die höflicheren Bauern und Bäuerinnen hatten auch wohl schon einige Stühle und Bänke für die unvermuteten Gäste in den Schatten ihrer Gras- und Baumgärten hinausgeschafft und den Besuch zum

Hinsetzen eingeladen. Über die Schenke, den Dorfkrug, hatte sich ein bunter Haufen ohne Unterschied des Standes und der Wagenklasse hingestürzt, um das vorhandene Getränk zu vertilgen und über es und die armselige Kneipe herzhaft und unglimpflich loszuziehen. Es war eine närrische Bewegung, und als wir hineintraten, machte auch der Meister Kunemund große Augen; aber nicht lange.

Der Meister führte mich, nachdem er sich vergewissert hatte, wie die Sachen standen, ohne weiter nach rechts und links zu sehen, die Dorfgasse entlang. Und so kamen wir denn, ohne aufgehalten zu werden, zu seiner Wohnung am entgegengesetzten Ende der Gemeinde, einer ärmlichen Hütte, zu der man über einen Steg, der über ein mit saftigem Grün bewachsenes, fußbreit hinrieselndes Wässerchen führte, gelangte. Eine armselige Hütte, doch von Bäumen und Hecken umgeben, also zu dieser Jahreszeit gar nicht übel in die Welt hineingebaut, ja ganz behaglich und idyllisch in dieselbe hingelegt. —

»Da lebe ich denn wieder und bin zurückgekommen dahin, woher ich kam,« sagte Herr Kunemund. »Da hinter dem Fenster stand meines Vaters Webstuhl; die Bank hier vor dem Fenster hat er noch meiner Mutter aus Feldsteinen aufgeschichtet. Da sind wir beide geboren, ich und mein kleiner Bruder; daß der Tofote, der Arend, drin sterben mußte, ist viel merkwürdiger, als daß ich darin meine letzte Stunde in Geduld abzuwarten habe. Was sagen Sie, Herr? Vorhin hatten Sie große Lust, mich einen armen Tropf und Teufel zu nennen. Haben Sie noch Lust dazu? Nicht wahr, ich habe mein Maß doch noch um vieles besser als viele Leute auf der Erde zugemessen erhalten? Es stirbt nicht jeder in seinem Vaterhause.«

»Was das anbetrifft, so haben Sie es freilich gar nicht so übel getroffen!« erwiderte ich, mit vollstem, innigstem Ernste auf den Ton des Greises eingehend. Er aber nickte wieder, und diesmal nickte er ganz behaglich dazu. Nachher lud er mich durch eine, fast zierlich zu nennende Handbewegung ein, den ausgetretenen Steg mit dem vermorschten Astloch in der Mitten, und die Schwelle seines Hauses zu überschreiten. Er ging mir voran, ihm folgte der alte Dachs, und dem Dachs folgte ich, und jetzt, in diesem Moment, senkten sich mir die Gegensätze des am heutigen Tage Erlebten von neuem scharf in die Seele.

Auf die lange heiße schnelle Fahrt durch das neunzehnte Jahrhundert der unvermutete Stillestand und der jähe Schrecken! Mitten im wirbelndsten Leben die aufdringliche Kunde von den Trümmern und dem Tode da vorn auf der anscheinend so glatten Bahn! Dann die stillen, erstaunten Minuten in der Einsamkeit des Feldes, am duftig-begrünten Hang des Hohlweges — die weite Aussicht in die lachende, beweglich-unbewegte Ferne! Und nun?

Nun das — *das*, was immer bei allem Getümmel und Getöse der armen Welt doch zur Seite — da hinter dem Hügelzug — hinter dem Walde, hinter der Mauer des kleinen Gartens — hinter den Fenstern des Hauses, an welchem wir vorüber fliegen — — hinter dem Gewühl in der eigenen Brust sich weiter, weiter spinnt, immerfort sich weiter spinnt: das große, offenkundige Geheimnis! Ja das, was Hunderttausende von Meilen ferne von uns liegt, und in welches uns doch ein Schritt hineinführt! das Aller-Welt-Weisheit-Volle — das, was hinter allen Dingen liegt, die uns im Augenblick größer als es dünken, meine Herrschaften: die Stille des Vegetierens, die Stille des Urgrundes — der ungekräuselte, dunkele, schrecklich-schöne Spiegel, durch den aller Aufruhr in uns, meine Herren und Damen, und außer uns, meine Herren und Damen, doch nur wie Bild an Bild nichtsbedeutender Zufälligkeit fließt! — —

Ich nahm den Hut ab auf dieser Schwelle; denn der Meister Autor hatte mich gewarnt: »Stoßen Sie sich nicht an den Kopf!«, und nur selten war die rege, durcheinanderwimmelnde Welt, soweit sie mich anging, so ganz und vollkommen zu Nichts geworden, hinter mir versunken, wie jetzt bei diesem Eintritt in das Haus des Meisters Autor Kunemund.

Dreizehntes Kapitel.

Wir standen beide gebückt unter der niedern Stubendecke.

»Nehmen Sie es nur nicht übel,« sagt mein Führer, »mein Vater und meine Mutter waren alle zwei kleines Volk, und auch mein kleiner Bruder ist da nicht aus der Art geschlagen: ich wollte nur, Sie hätten ihn persönlich kennen gelernt. Was mich anbetrifft, so habe ich freilich in dem alten Nest so eine Art von Kuckuck ausgemacht.«

Selten hatte ein Vergleich äußerlich so wohl und innerlich so schlecht gepaßt. Ich äußerte derartiges, und Herr Kunemund fragte lächelnd:

»Meinen Sie?« und fügte hinzu: »aber sie nannten mich in meiner Kinderzeit im Dorfe stets den Kuckuck, und als ich neulich heimkam, hat's mich fast verwundert, daß sie mich nicht durchgängig noch so riefen. Da sieht man aber, wie man aus der Menschheit herauswächst und alt wird, — das erstemal als mich ein zahnlos Weibchen ansprach, wie es sich gehörte, ist's mir ordentlich warm über die Leber gelaufen; aber kein halb Dutzend reicht noch zu mir hin und hinunter und spricht mich an: Na, Kuckuck, wie geht es denn?!«

»Wie Sie sagten, hat auch der Herr Förster Tofote hier bei Ihnen gewohnt?!«

»Richtig, und das war im Grunde ebenso wunderbar denn der Arend, sehen Sie, maß auch gut seine sechs Fuß drei Zoll, wenn nicht mehr, und hat sich also gleicherweise hier zwischen den Wänden, unter den Balken und auf der Bank arg zusammenklappen müssen. Er hat mit mehr als einer Brausche an der Glatze und an der Stirn in die Grube fahren müssen, wenn das auch wenig sagen wollte, da er sein Lebtag durch dran gewöhnt war, mit der Stirn anzurennen. Sehen Sie, da das Stück weichen Tannenholzes von der Türverschalung hat er mir auch abgestoßen mit seinem Dickkopf, und ist mir das gleichfalls als ein Andenken an ihn zurückgeblieben. Zuletzt wurd's ihm zu viel, und er hielt sich am liebsten draußen auf der Bank auf, und jetzt liegt er draußen, und mit dem Anrennen, den Beulen und Hautschrunden hat's für ihn keine Not mehr.«

Es gab mancherlei Andenken in der schlechten Hütte, und nicht bloß solche, welche den braven Förster Arend Tofote seinen guten Bekannten in das Gedächtnis zurückriefen.

»In solch einem Dorfe hält manches, was sich in der Stadt schnell im Durcheinander und Gebrauch verliert, bis in alle Ewigkeit,« sagte der Meister Autor. »Daß ich aber noch in einem Winkel auf meiner Mutter Spinnrad gestoßen bin, das war mir freilich schier und klar außer dem Gaudium ein Mirakel. Ich traute meinen Augen nicht, als ich es beim Vorsteher in der Mägdestube fand, und ich schätze es als eine Noblesse von dem Vorsteher, daß er es mir abließ, und mir nicht über seinen gewöhnlichen Wert seine Forderung machte. Ich hätte ihm die Haut vom halben Leibe dafür abgelassen, dem Vorsteher: denn — wisset Ihr, Herr, ich kann auch spinnen und spinne jetzt die Abende durch und den ganzen Winter. Wenn man solche dumme Augen hat, wie ich, so geben sich die Künste, die man treibt, eben von selber. Im Strumpfstricken und Flicken nehme ich es mit jedermann und den besten Hausfrauen auf. Seit unser Trudchen uns abhanden kam, wüßte ich auch keinen, der mir aus Liebe, Güte oder Gefälligkeit dieses Geschäfte abnehmen sollte.«

Es konnte nicht meine Sache sein, den Greis jetzt schon bei »unserm« Trudchen festzuhalten. Ich hielt es für besser, ihn ganz von selber dahin kommen zu lassen, wo ich ihn so gern gehabt hätte. Fürs erste schlug er noch einen Hasenwinkel.

»Des Vogels erinnern Sie sich wohl nicht mehr? haben ihn wohl gar nicht einmal beachtet, wenn Sie uns die Ehre schenkten? Stieglitze gibt's genug in der Welt; aber ein klügerer ist seinerzeit noch nicht den Alten aus dem Neste gefallen. Damals hüpfte und sang er; jetzo sitzt er still in seinem alten Bauer — nämlich ausgestopft. Und, lieber Herr, der Kerl ärgert mich dann und wann am stillen Abend, wenn ich mit ihm, mir und dem Dachs so allein sitze. — Es wäre besser gewesen, wir hätten ihm nach seinem Abscheiden ein Kinderbegräbnis gemacht und ihn ruhig in ein Loch im Garten gesteckt, der Arend und ich! Ich persönlich bin auch nicht auf die dumme Ausstopferei gekommen; ich traf den Tofote schon eifrig und grimmig darüber, als ich eines Abends nach Hause kam. Gertrude war schon in der Stadt, und wir konnten sie also nicht um ihre Meinung fragen. Sie hatte ihn uns zurückgelassen; denn sie machte sich nichts mehr daraus.«

Jetzt noch weniger hätte ich den Alten bei dem zierlichen Namen festgehalten!

»Ei seht aber, Meister Autor,« sagte ich, um den seltsamen Blick desselben von dem ausgestopften Tierchen abzuwenden, »Sie haben da ja ein ganzes Museum — ein vollständiges ethnologisches Museum!... und welche prachtvollen Muscheln, welche ausgezeichneten Korallen! Je genauer man zusieht, desto größere Schätze entdeckt man bei Euch. Sind Sie heimlich etwa auch während meiner Abwesenheit zur See gewesen? haben Sie auch wie Ihr Bruder die Tropenländer mit dem Kuriositätensack auf dem Rücken durchwandert?«

»Dieses gerade nicht, — o nein, im Gegenteil,« sagte der Alte ehrlich auf meinen Scherz. »Ich weiß eigentlich auch nicht, was Karl sich dabei denkt. Ich habe zwar mein großes Vergnügen daran, und das wird es wohl sein, was ihn antreibt! Er kommt nie von Reisen heim, ohne mir dergleichen Schnurrpfeiferei mitzubringen. Der Junge sitzt noch immer gern bei mir.«

»Karl? Welcher Karl?«

»Nun, erinnern Sie sich denn nicht? der Karl Schaake! der Leichtfittich und Leichtmatrose, der damals aus der Stadt Lübeck mit uns ging, als ich Sie abgeholt hatte, um uns zu helfen, die große Erbschaft meines ausländischen Bruders in Besitz zu nehmen! Nicht wahr, jetzt fällt es Ihnen ein? Und wissen Sie, der Junge fährt noch immer auf der See; aber jetzo als Steuermann. Keine Völkerschaft ist ihm zu schwarz! und bis dato ist er auch immer noch ganz gut und ungebraten davongekommen und mit seinem Geschäft zufrieden. Wie gesagt, was für ein Gefallen er gerade an mir findet, außer daß wir aus einem Dorfe sind, und die Base aus dem Cyriacihofe mit uns, kann ich nicht sagen; ich zerbreche mir aber auch gar nicht den Kopf darüber, denn die meisten Leute, auf die ich im Leben stieß, sind so gewesen. In der Hinsicht habe ich mich nicht zu beklagen.«

»Das heißt: auch Euch, Meister, ist nie eine Völkerschaft zu schwarz gewesen!« sagte ich lächelnd; aber des frühern Leichtmatrosen und jetzigen Steuermanns Karl Schaake entsann ich mich nunmehr ganz deutlich und zwar mit dem Gefühl der Beschämung und des Ärgers, welches man immer hat, wenn man wieder einmal findet, daß man seinem Gedächtnis zuviel traute. Unbeschadet eines gegen das Ende des zehnten Abschnittes niedergeschriebenen Wortes war mir der Seefahrer — in dieser Stunde wenigstens — ganz und gar aus der Erinnerung abhanden gekommen.

»Der Stein der Abnahme!« rief ich. »Karl Schaake! Richtig, — der
Hadschi-Schiffsmann, der den heidnischen Unglücksstein aus dem Fenster
Mynheers van Kunemund warf. Also der lebt auch noch und hat seinen Beruf
wacker festgehalten.«

»Ja freilich,« sagte der Alte melancholisch. »Was das mit dem Unglücksstein ist, weiß ich zwar nicht, denn das habt ihr beiden damals unter euch allein ausgemacht; aber die Fische und die Wilden haben ihn bis jetzt gottlob noch nicht gefressen. Daß es dem armen Jungen aber besser hätte ergehen können und ohne meinen kleinen Bruder auch ergangen wäre, das steht gleicherweise fest. Der Teufel hole die ganze Geschichte!«

Ein Geheimnis lag hier gerade nicht vor. Wer sich offenen Auges durch diese Welt drängt, der lernt es bald, sich in den Verhältnissen zurechtzufinden; das Leben liegt vor ihm wie ein Rätsel in einem — Kinderbilderbuche, unter dem die Auflösung in umgekehrter Schrift gedruckt steht. Stellt nur euch nicht auf den Kopf, sondern das alte abgegriffene Rätselbuch, und ihr werdet bald heraus haben, was es mit den Geheimnissen auf sich hat.

Es war in diesem Falle eben wohl möglich, daß der tückische Zauberstein, der in dem Gartenteiche versank, schon zu lange für die Erben unter den Raritäten Mynheers van Kunemund gelegen hatte. In diesen Dingen verstehen Mutter Natur und Muhme Schicksal keinen Spaß, und also trat ich so dicht an den Meister Autor heran und sagte leise:

»Jetzt, Herr Kunemund, sagen Sie es mir, was aus Ihrem schönen, süßen Pflegekind, aus der kleinen hübschen Gertrud geworden ist! Ich bin mit Ihnen gegangen und habe mir von Ihnen alles vorweisen lassen, bunte Muscheln, Korallen, den Kolibri, das Seepferd, kurz was Sie wollten; aber jetzt lassen Sie mich auch hier klar sehen. Daß das Dasein schwer und mühevoll auf Ihnen liegt, habe ich vom ersten Augenblick unserer Begegnung gemerkt; daß ich nicht aus kühler, kalter Neugierde frage, meine ich, wißt Ihr, alter Freund! Also bitte, Mann, teilt mir mit, weshalb Ihr Euch hier in der Einsamkeit auf den Maulwurf- und Grillen-Fang, auf das Strumpfstricken und Hanfspinnen gelegt habt! Meister Autor, Sie sind es unserer alten Vertraulichkeit schuldig, daß Sie mir sagen, weshalb der Förster nicht in seinem Försterhause, nicht bei seiner Tochter, sondern unter diesem Dache gestorben, weshalb die Alte zu ihrer Vetterschaft gezogen ist, und — und, — und wie es der Gertrud Tofote geht!«

»Das sind viele Fragen auf einmal, lieber Herr Bergmeister!«

»Und doch nur eine.«

»Jawohl! Im Grunde haben Sie da recht, und so will ich sie Ihnen denn auch beantworten. Es ist alles mit rechten Dingen zugegangen. Niemandem ist etwas Absonderliches passiert. Mir nicht! dem Arend nicht! der Alten nicht, und unserem armen Trudchen nicht! Wir sind auseinander gekommen, ohne daß wir es gemerkt haben; das heißt, wir waren einmal eines Tages auseinander und merkten es dann erst. Haben Sie je Leute gekannt, denen es in der Welt anders ergangen ist? Ich meine, die auf eine andere Art auseinander kamen?!«

»Unter guten und klugen Freunden ist das freilich die gewöhnliche Weise,« erwiderte ich nach einigem Nachdenken.

Vierzehntes Kapitel.

Das Hindernis war aus dem Wege geräumt, die Bahn wieder frei. Ich lehnte mit dem letzten schwerwichtigen Worte meines alten Freundes wieder in meiner Wagenecke, und hatte Zeit, darüber nachzusinnen.

Das letzte Wort war es eigentlich nicht gewesen, denn wir hatten nach ihm noch manch ein anderes durch eine gute Stunde geplaudert. Das allerletzte Wort an diesem Tage, zwischen mir und dem Meister Autor Kunemund, war gewesen:

»Besuchen Sie doch ja das Trudchen in der Stadt; sie wird sich sehr freuen, und Sie werden ganz gewiß auch Ihr Gefallen an ihr finden. Nehmen Sie es mir nicht übel, lieber Herr; aber da ich Sie als einen ganz studierten, klugen und geschickten Menschen kennen gelernt habe, so weiß ich auch ganz sicher, daß Sie das, was eben der Welt Lauf in diesen jetzigen jungen Tagen ist, besser verstehen als ich. Dummes, ungewaschenes Zeug möchte ich Ihnen nicht aufreden; also — leben Sie recht wohl: wir treffen einander gewißlich noch einmal wieder; — und, lieber Herr, vergessen Sie es ja nicht, grüßen Sie mein Trudchen recht schön und eindringlich von mir!«

Und die Bahn war frei. Wir schnoben an der Unglücksstelle
vorüber und sahen auf der Station den Schuppen, in
welchem die zwei blutigen Leichen auf dem blutigen Stroh
lagen. Wir rasselten weiter durch den holden Abend, und
jetzt schon war für alle, die sich auf dem Zuge befanden, das
traurige Ereignis zu einer überwundenen Verdrießlichkeit
geworden, zu einem Thema, über das sich schon jetzt
angenehm reden und behaglich lügen ließ. Ich ließ *das* also
schwatzen und renommieren und saß, in *meinem* Verdruß
immer noch festgehalten, melancholisch in meiner Ecke, sah
die grüne Landschaft hingleiten und bewegte mein eigenes
Privaterlebnis, nachdenklich es hin und herwendend, im
Geist. Daß ich etwas Klügeres hätte tun können, war gewiß;
möglich war's mir aber eben doch nicht.

»Was auch mit dieser hübschen Gertrud Tofote vorgegangen
sein mag,« sagte ich mir, »und wie auch der Alte vor uns
unberufenen Alltagsmenschen sich anstellen mag, seinen
Beruf hält er fest! Er tut nur so, der getreue Knecht Eckart,
als ob die Welt nicht mehr auf ihn zu rechnen habe. Sieh,
nach seiner Schnitzbank habe ich ihn gar nicht einmal
gefragt; — zum Teufel auch, wer weiß, in welchen dunkeln
Winkel er sie für den Augenblick geschoben hat? Und das
alte Erbmesser gibt er nicht her, da kenne ich ihn; aber auf
das Fräulein und ihren Zaubergarten bin ich doch
neugierig. Eine Visitenkarte werde ich jedenfalls dort
abgeben.«

So kam ich denn im Verlaufe des Sommerabends und nach
dem Verlauf der Jahre der Abwesenheit wieder an in der
Heimat, fand meinen Weg ins Hotel und ins Bett und las am
andern Morgen beim Frühstück in der Zeitung ausführlich,
und mit allen Einzelheiten beschrieben, was ich selber mit
erlebt hatte, ohne doch dabei zugegen gewesen zu sein. Und

es ward mir, als ob plötzlich jemand sich mir über die Schulter beuge und mit unsichtbarem Finger auf das interessanteste Wort in dem langen Berichte deute.

»Es ist nicht möglich!« rief ich.

»Doch wohl!« sagte das Ding hinter mir. »Wir machen das häufig so.«

Der entgleiste Zug hatte mehr Opfer gefordert, als wir, die wir ihm nachfuhren, zuerst erfahren hatten. Eine lange Reihe entsetzlicher Verwundungen war vorgefallen; Verstümmelungen waren geschehen, in Hinsicht auf welche die beiden ruhigen Toten leicht davon gekommen waren. Und in der traurigen Liste der Beschädigten wurde ein Mann aufgeführt, der im Verlauf meines Gesprächs mit dem Meister Autor Kunemund mehrfach genannt worden war:

Steuermann Karl Schaake — beide Füße doppelt gebrochen!

Ich legte das Blatt leise auf den Tisch, und ging eine Viertelstunde lang im Zimmer auf und ab. Grade so lange Zeit dauerte es, ehe ich mit mir im reinen darüber war, ob ich mich wirklich noch weiter (meine eigenen Angelegenheiten im Auge behalten) auf diese unbehaglichen, ungemütlichen Angelegenheiten fremder Leute einzulassen habe, und was zu tun und zu lassen sei, im Falle die Antwort bejahend ausfalle.

Nach einer Viertelstunde war ich im reinen, das heißt, ich hatte Hut und
Stock ergriffen und befand mich auf dem Wege zur Eisenbahndirektion.

»Der Alte liest sicherlich keine Zeitung,« sagte ich mir. »Der Seefahrer wird ihm ebenso sicher keine Nachricht über sein Befinden schriftlich geben, sondern sie ihm lieber persönlich, auf seine zwei Krücken gestützt, bringen. Es ist meine Pflicht, mich genauer nach den Umständen zu erkundigen; — dummes Zeug — Pflicht! es ist etwas anderes, und der Herr Forstsekretär von Müller, der uns damals den Vergnügungsstreifzug in den Elm so vergnüglich vorzuspiegeln wußte und uns richtig in seinen Musterforst hineinlockte, ist schuld daran, — meines Vaters Sohn, wie der Meister Autor sagen würde, wahrhaftig nicht!« —

Die »betreffende Behörde« war ungemein höflich und zu jeglicher Auskunft gern bereit. Die Bahnverwaltung traf nicht die mindeste Schuld an dem beklagenswerten Ereignis. Übrigens befand sich bereits alles wieder in der trefflichsten, wünschenswertesten Ordnung und für sämtliche Beteiligte und leider auch Benachteiligte war in komfortabelster Weise Sorge getragen. Die Toten waren natürlich an Ort und Stelle geblieben, ebenso die meisten der schwerer Verwundeten. Nur zwei oder drei der letztern hatten es vorgezogen, mit den leichter Beschädigten nach der Stadt transportiert zu werden, und sie waren natürlich nach ihrem Willen mit einem Extrazuge hin befördert worden. Zu beklagen hatte die maßgebende Stelle sich eigentlich nur über ein Individuum; aber über dieses auch sehr! Ein unglücklicherweise auch körperlich verletzter Seemann war sehr ungebärdig gewesen und hatte sich sogar, wie man nicht anders sagen konnte, unverschämt betragen, obgleich man ihm wie allen übrigen mit der höchsten Menschenliebe, Opferfreudigkeit usw. entgegengekommen war. Er war der einzige gewesen, sagte man mir, der sich trotz seinem beklagenswerten Zustande der gröblichsten Schimpferei nicht habe enthalten können. Auch er befand sich am hiesigen Orte. Man habe — teilte man mir mit — ihn so vorsichtig als möglich, unter chirurgischer Begleitung an die von ihm angegebene Adresse abgeliefert, und da liege er, erwarte seine Heilung und werde wahrscheinlicherweise von dort aus auch seine Entschädigungsklage gegen die Bahnverwaltung einleiten.

Ich nahm alle diese Erklärungen des höflichen Beamten ebenso freundlich hin, wie sie mir gegeben wurden, und bat nur auch noch um nähere Angabe jener Adresse des eben, das heißt zuletzt erwähnten unangenehmen Gesellen und unhöflichen Matrosen. Ich erhielt dieselbige in etwas kühlerer und formellerer Weise als die früheren Referenzen und ging mit ihr, nachdem ein Unterbeamter sie selber erst wieder mit einiger Mühe in Erfahrung gebracht hatte. Am Nachmittag machte ich mich von neuem auf den Weg und fand richtig meinen guten Bekannten aus der Erbschaft Mynheers van Kunemund wieder; nur leider in den betrübtesten Zuständen.

Die alte Stadt besitzt innerhalb der Umflutungsgräben ihrer jetzt zu recht anmutigen Spaziergängen eingerichteten

Wälle und Bastionen mancherlei kuriose Winkel, dunkle Sackgassen, finstere Höfe und Torbogen; und das Mittelalter schielt einen hier grimmig, dort drollig, doch immer überquer aus mancher Ecke, von manchem Gesims, Balkenkopf, Giebel und Erker an. Holzstecher- und Steinmetzarbeit der Vorväter hat den neuern Jahrhunderten, d. h. den geschmackvollen Leuten drin, gar nicht gefallen, aber sich um so tapferer gegen Axt, Spitzhaue, Hammer, Maurerkelle und Tüncherpinsel gewehrt. Wer da als Liebhaber oder Kenner auf die Suche geht, kann noch allerlei finden. Was besonders jene, eben erwähnten, in die Häusermassen eingekeilten Höfe anbetrifft, so ist das in Wahrheit ein schier noch unaufgeschlossenes Reich der Wunder für den Kenner und Liebhaber.

In überraschender Weise sollte ich das an dem heutigen Tage von neuem erfahren. Ich glaubte, die Splanchnologie der Stadt bis in die feinsten Verästelungen studiert zu haben, und ich fand, wie so häufig, daß ich mich wieder einmal gründlich geirrt hatte. Innerhalb einer der hundert eingeweideartig ineinandergeschlungenen und gewundenen Gassen der Stadt fand ich mich vor einem schwarzen, verwitterten und weiter verwitternden Torbogen, der bis dahin für mich durchaus noch nicht dagewesen war, und den ich also um so verwunderter betrachtete. Das war noch Renaissance, aber die Wölbung durchschreitend, fand ich mich nicht im neunzehnten, nicht im sechzehnten, sondern im vollsten, unverfälschten fünfzehnten Säkulo und stand von neuem still in begreiflichem Erstaunen.

Alterschwarzer Holz- und Ziegelbau im unregelmäßigen Viereck um mich her!
Und welch ein Holzbau!

Da liefen sie, die Wände entlang, übereinander, nebeneinander hin, die Wunderwerke mittelalterlicher

Zimmermannsarbeit in Ernst und Humor und warteten
geduldig auf den Photographierapparat, und der grüne
Baum neben dem sehr modernen durch die allermodernste
Dampfkraftwasserkunst gespeisten Brunnen wartete mit
ihnen. Ob das mannigfache Volk, welches diesen Hof
bewohnte, eine Ahnung davon hatte, wie überraschend
malerisch und kulturhistorisch interessant es behauset war,
kann ich nicht sagen: die Kinder, die um den Brunnen und
den Baum herum krochen und hüpften und den Schutt der
Jahrhunderte zu ihrem ewigen Spiel verwendeten, wußten
es jedenfalls nicht. Aber es war ein kluges, gewitzigtes
Geschlecht, welches auf alle nötigen Fragen, die man an es
zu stellen hatte, die nötige Auskunft geben konnte, wenn es
wollte. Leider wollte es aber diesmal nicht. Es zeigte
grinsend die Zähne, lachte und ließ mich ohne Antwort
stehen; ich hatte mich nach einem erwachsenen Menschen
der Generation umzusehen und fand ihn glücklicherweise
auch.

In einem Winkel des Hofes stand ein Herr mit einem
Notizbuch in der Hand, an einer Visierstange hinäugelnd.
An ihn wendete ich mich nunmehr mit einer Frage nach
dem Steuermann Schaake, und er nickte mir zu:

»Im Augenblick, mein Herr!«

Es würde sehr unrecht gewesen sein, ihn in seinen
sicherlich für das allgemeine Wohl und Beste
unternommenen Berechnungen aufzuhalten und zu
hindern. Ich wartete geduldig, und er setzte sein Geschäft
fort, seine Aufmerksamkeit zwischen seinen Instrumenten,
seiner Brieftasche und seinen fernab mit der Meßkette
beschäftigten Untergebenen teilend; und hoch war es
anzuerkennen, daß er trotz alledem doch noch einige Worte
der Erläuterung für mich übrig hatte.

»Es hat uns noch keine Nivellierung so viele Mühe verursacht als diese hier,« sagte er, »aber dafür wird auch keine der neuprojektierten Straßenanlagen die Stadtbevölkerung in ihrer Vollendung so sehr überraschen und erfreuen wie diese. Den Kanal hinter den wackligen Mauern füllen wir natürlich aus, da haben wir dann noch die Rudera einer alten Stiftung, die müssen selbstverständlich weg. Die alten Damen verlegen wir vor das Tor in eine gesunde, wahrhaft idyllische Gegend, und so kommen wir hier aus dem Mittelpunkte der Stadt in gradester Linie zum Bahnhofe, — ohne daß zu dieser Stunde ein Mensch in diesem hier umliegenden Gerümpel irgendeine Ahnung davon hat. Es ist wundervoll!«

»Das ist es!« rief ich mit höchstem Enthusiasmus. »O ihr gütigen Götter!«

»Und es ist nicht allein ein Wunder der kaufmännischen Spekulation, sondern es wird auch ein Wunder der modernen Architekturwissenschaften,« rief mein freundlicher Auskunftgeber, den meine Begeisterung nun noch über die eigene emporriß. »Sie glauben es gar nicht, was alles wir uns hier vorgenommen haben!«

»O doch!« stöhnte ich aus tiefster Brust. »Ich kann es mir in größter Deutlichkeit vorstellen. Also wirklich, von dem, was wir jetzt hier um uns sehen, bleibt nichts aufrecht?«

»Nichts!« sprach mit entflammtem Nachdruck mein entzückter, begeisterter
Baukünstler. »Haben sie doch jetzt angefangen, Nürnberg abzutragen, also
sehe ich nicht im mindesten ein, weshalb wir grade diesen wohlkonservierten
Ruinen gegenüber mit größerer Schonung vorgehen sollten.«

Hierauf ließ sich freilich nichts erwidern, und so wartete ich denn schweigend, bis die letzten auf die Zukunftsstraße bezüglichen Zahlen und sonstigen Erinnerungszeichen in das Notizbuch eingetragen worden waren. Auch das kam zu einem Ende, wie alles auf Erden, und ich durfte meine ersten Bitten um Auskunft über den Steuermann Schaake von neuem aussprechen.

Fünfzehntes Kapitel.

Der Herr hatte natürlich auch die Zeitung mit dem Bericht des Eisenbahnunglücksfalls gelesen, irgend jemand hatte ihm auch mitgeteilt, daß einer der Beschädigten hier auf den Hof geschafft worden sei; allein zu wem und wohin, das wußte er nicht. So grüßten wir einander, und ich folgte dem einzigen Rate, den er mir zu geben hatte: ich trat in die nächste Tür (ein halbes Dutzend dergleichen führen von dem Hofe in die Gebäude) und ließ es auf das gute Glück ankommen, ob ich die richtige getroffen habe.

Eine enge, steinerne, im Laufe der Jahrhunderte von Hunderttausenden von Füßen ausgetretene Treppe führte mich, sich im Halbkreise drehend, in den Unterstock, im rechten Flügel der Hofgebäude, und zuerst in einen ziemlich breiten gewölbten Gang, der durch ein großes Bogenfenster im Westen erhellt wurde. Erhellt? eine Flut von Licht, von abendlichem Sonnenschein, strömte in dieses große Fenster und vergoldete das dunkelgraue Gemäuer in eigentümlich schöner Weise.

Eine dunkle Tür zur Linken lud zum Anpochen ein, und eine Männerstimme forderte einen Augenblick später zum Eintritt auf. Ich stand zweifelnd still auf der Schwelle in der

Überraschung vor dem Bilde, das sich jetzt dem Auge bot.

Ich erzähle heute, nachdem alles, was mich damals innerlich mächtig erregte, durch die Jahre gesänftigt hinter mir liegt, und ich darf jetzt demnach wohl auch dem Äußerlichen sein Recht geben und Gefühl und Empfindung auf die Beschreibung folgen lassen.

Wieder vor allem andern ein tief in die Wand eingelassenes hohes Bogenfenster, und dieselbe Flut von Licht, jedoch hier noch wundervoller und magischer sich über das mittelalterliche Eichengetäfel des Gemaches ausbreitend! Grüne Zweige draußen vor dem Fenster — das Hausgerät eines alten Jüngferleins ringsum, doch ein Bett und darauf ein bärtiger Mann im Winkel! In der Fensterwölbung am Spinnrad eine alte Frau! ... in dem Sonnenstrahl die merkwürdigste alte Frau mit dem merkwürdigsten weißen Haar, das ich je an einer Frau gesehen hatte!

Das war gleicherweise eine Fülle von Licht, — eine Fülle, die sich nicht bändigen ließ und an Schönheit wahrlich den blondesten, braunsten, schwärzesten Locken der Jugend nichts nachgab. Blaue klare Augen, wie sie nur zu diesem Silber paßten, leuchteten unter den noch immer dunkeln Brauen; — und dazu war das alte Zauberweible taub; es saß und spann und hielt die hellen, blauen Augen nur fest auf das Schmerzenslager gerichtet, auf welchem der starke, breitschultrige Mann, der Seefahrer und Abenteurer hülflos wie ein Kind lag. Von meinem Eintreten vernahm die Base des Steuermanns Karl Schaake nichts, sie folgte aber den Augen ihres Neffen und stand rasch auf von ihrem Spinnstuhle.

Auch der Verwundete richtete sich, soweit er durfte, empor, und er war es auch, der fragte: mit wem man die Ehre habe.

Glücklicherweise war das bald gesagt und erklärt, und aus dem verwundert-fragenden Blicke des armen Burschen wurde augenblicklich ein sehr erfreuter, und die fiebernde Hand, die er mir entgegenstreckte, griff fest die meinige und ließ sie fürs erste nicht los.

»O das ist schön! das ist brav!« rief der Steuermann Schaake. »Das ist das Beste, was mir in diesen nächsten Tagen zufallen konnte. Nehmen Sie es nicht, als ob ich Ihnen mit einem dummen Schiffsagenten-Komplimente aufzuwarten gedächte; aber Sie, Herr von Schmidt, hatte ich vor allen andern Menschen nötig.«

Ich sagte dem Armen einige triviale Trostesworte, auf die er natürlich wenig Achtung gab. Dagegen aber winkte er das alte Weiblein, das bis jetzt auf das, was wir gegenseitig vorgebracht hatten, mit der Hand hinter dem Ohre gehorcht hatte, eifrig-hastig heran und ließ es näher zu seinem Bett hintreten. Und als sie sich über ihn hingebeugt hatte, um ganz genau zu vernehmen, brüllte er ihr zu:

»Du, das ist der Herr, von dem ich dir gesagt habe. Das ist der Mann, den wir jetzt so sehr gut gebrauchen können. Siehst du, alte Mutter, ich hab's dir doch gleich durchs Sprachrohr deutlich gemacht, daß du dir deine ungemütliche Jammerei zu drei Vierteln hättest sparen können. He, hab' ich nicht immer Glück gehabt zu Wasser und zu Lande?«

»Das weiß der liebe Gott!« seufzte das weiße Weibchen, beide Hände flach erhebend und wieder senkend.

»Dem ist es auch niemals eingefallen, von einem Salzfisch, einem Seehahn oder einer Seeschwalbe zu verlangen, daß sie ein Nest unter einen Dachrand hängen und ihren Laich an eine Hauswand absetzen. War es etwa seine Schuld, als der

90

Esel aufs Eis und der Steuermann Karl Schaake auf die
Eisenbahn ging? Glück muß man haben, Tante Schaake,
und daß ich Glück habe, das kannst du hier wieder sehen.
Tausend andere hätten hier liegen können, bis sie reif
gewesen wären für des Kapitäns Gesangbuch, das Brett und
die Kugel am Fuß; ich aber habe mich kaum gemütlich in
der Blockade eingerichtet, so signalisiert auch das Fort San
Salvador schon: Schiff in Sicht — =man of war= —
sechsundneunzig Kanonen; die Tür geht auf, und Sennora
Fortuna steckt den Kopf herein und fragt vergnügt:
Befehlen Sie sonst noch was, Maat?!«

Obgleich ich in diesem Moment durchaus nicht wußte, wie
gerade ich dem Seemann so außerordentlich erwünscht
kommen und nützlich werden könne, so freute mich doch
die Freude des armen Teufels über meinen Besuch sehr, und
ich sagte ihm das auch so eindringlich als möglich.

Dann gab ich der Alten die Hand, und wir verstanden uns
bald recht gut; sie war sehr freundlich und gut, und je
länger man sie offen oder verstohlen ansah, desto weißer
wurden ihre Haare und desto blauer und klarer ihre alten
Augen.

»Er ist recht schlimm mitgenommen,« sagte sie betrübt. »Die
Doktoren und
Wundärzte haben die Köpfe geschüttelt, und, Herr, glauben
Sie ihm nur
nicht, wenn er Sie anlacht: er beißt sich doch die Lippen
blutig vor
Schmerzen. O daß der liebe Gott uns das auch noch hat
schicken müssen!«

Daß die Greisin recht hatte, sah ich wohl. Der Verstümmelte
litt die furchtbarsten Qualen; er lag auch im heftigsten
Fieber, und es war ein Fieberlachen, mit welchem er rief:

»Schicken müssen? =Damn!= Wenn der betrunkene Kapitän die Rahen nicht in die Piek setzt, sondern absolut mit vollen Segeln in den Hafen laufen muß, — wer, zum Teufel, will ihn abhalten, seinen Willen zu haben? O, die Base ist ein guter Hafenmeister und weiß in dem entstehenden Lärm ihr Wort zu sprechen.«

»Lieber Herr,« sagte die Base Schaake, mich leicht mit dem Ellbogen berührend. »Sie müssen ihm seine Reden zugute halten; er hat mich von jeher seinen alten Hafenmeister genannt und ist eben sein ganzes Leben durch zu weit weg gewesen. Und dann sind wir auch von Natur ein Paar unbeholfene Leute; und es freut mich so sehr, wenn das Kind meint, an dem Herrn den Richtigen gefunden zu haben.«

Das bärtige breitschultrige Kind auf dem Marterbette verzog wieder mitten in seinen Schmerzen den Mund zu einem behaglichen Lachen:

»Den Richtigen? Höre, Alte, so gut solltest du mich doch kennen, um mir unbesehen zu glauben, daß ich mein Notfeuer nicht anzünden werde, wenn da eine verdammte malayische Seeräuber-Proa um die Insel kreuzt! Natürlich ist das der Richtige!… und Ihr, Herr, stoßt Euch nur ja nicht an ihre dumme Art; denn daß je eine Henne es mit ihrem Küken besser im Sinne gehabt habe, als sie mit mir, das glaube ich erstens nicht, und zweitens weiß ich das Gegenteil ganz genau.«

Was mich anbetraf, so hatte ich mich selten so schnell in einem Haushalt orientiert, wie in diesem hier. —

Sechzehntes Kapitel.

So saß ich denn am Bette des Verwundeten und sprach ihm
zu, wie man mit einem im starken Fieber Liegenden zu
sprechen wagt. Ich erzählte ihm, wie ich vorgestern mit
seinem alten Freunde, dem Herrn Kunemund,
zusammengetroffen sei, und wie alles so wunderlich in der
Welt, auch im Schlimmen, sich ineinander schicke. Diesen
Gemeinplatz machte ich auch dem »alten Hafenmeister«
deutlich, und das weißlockige Zauberweibchen erhub die
blauen Augen und schüttelte das Haupt und sagte:

»Der Autor, der Autor, der wird sich auch arg kümmern!
Herr, wollen Sie es ihm schreiben in unserem Namen? Bitte,
tun Sie es, meinem Kinde zum Gefallen; Sie werden es zu
machen wissen, daß er nicht mehr erschrickt, als nötig ist.«

Ich versprach gern, das zu übernehmen, und der
Steuermann drückte mir von neuem die Hand und rief:

»Das ist das eine, wozu wir Sie so gut gebrauchen können;
aber es ist noch mehr da —«

Er brach ab, und ich erfuhr heute noch nicht, wozu ich ihm
noch weiter nützlich sein könne, drang auch nicht in ihn,
es mir mitzuteilen, denn die Sonne sank tiefer, und mit dem
Abend kam das Fieber heftiger, und der Arzt und der
Wundarzt zum neuen Verband. Ich ging als die Doktoren
anlangten, und versprach wiederzukommen. Die Greisin
begleitete mich vor die Tür und brach da in ein heftiges
Weinen aus:

»O Herr, ich bin siebenzig Jahre alt, und ich soll ihm ein
Gesicht machen wie ein jung Mädchen, welches am
Pfingstsonntage zu Tanze gehen will!« …

Mit dem Worte in Herz und Hirn nachklingend stand ich
wieder in dem Hofe, fand meinen Weg durch die alte Stadt in

den schönen Sommerabend hinein und aus dem Tore der
Stadt. Da suchte ich den Garten, den Gertrud Tofote geerbt
hatte, und fand ihn nicht mehr. — Der Garten war
verschwunden, wie in einem Jahre — vielleicht weniger als
einem Jahre, jener prächtige, alte, düstere Cyriacushof mit
seinen jahrhundertelangen Erinnerungzeichen, den ich
eben verlassen hatte, verschwunden sein konnte —
verschwunden war. Die damals durch den rotweißen Pfahl
angedeutete Straße zog sich, vollständig ausgebaut, mit
Kanalisation und Gasleitung über den romantischen Platz
hin. Der Teich, in welchen der Stein der Abnahme
hineingefallen war, war ausgefüllt, und die Räder des Tages
rollten leicht darüber weg. Die hohen, dunkeln Bäume um
das Wunderhaus des achtzehnten Säkulums waren
niedergehauen, die Blumen und Büsche ausgerissen; und
mit den Bäumen, Blumen, Büschen, springenden Wassern,
singenden Vögeln und den Schmetterlingen war auch das
Wunderhaus verschwunden; — wunderliche Gebäude
freilich waren zu beiden Seiten des macadamisierten Weges
dafür in die Höhe gewachsen, und es galt da wirklich, wie es
jedermann überall vor Augen hat, mit einer kleinen
Abänderung das Wort aus dem Vorspiel zum Faust:

> in unsern deutschen *Gassen* Probiert ein jeder,
> was er mag.

Welches denn vielleicht der passende Ort zu einer
abermaligen mich selbst betreffenden Abschweifung und
Anmerkung wäre, oder zur Wiederholung einer schon
früher angedeuteten Frage, nämlich: Was gingen grade *mich*
alle diese Leute an? —!

Ich hatte in meinem Leben mancherlei gesehen, erfahren,
erlebt, — hatte das, was man geistige Kämpfe zu nennen
pflegt, bestanden, und körperliche gleichfalls. Ich hatte auch
vielerlei probiert, hatte nicht einen Felsblock, sondern

manch ein rund Dutzend den Berg hinaufgewälzt und dem sofortigen Wiederherunterrollen mit offenem Munde nachgestarrt. Gütiger Himmel, ich schäme mich nicht, es zu sagen, ich hatte manche Träne verschluckt und, ohne mich zu schämen, manchen Schweißtropfen vergossen und manchen Seufzer hervorgestoßen: was gingen mich *diese* Leute und diese Verhältnisse an?

Ich hatte das Leben und den Tod in meinem Leben einander ablösen gesehen und meine Schlüsse daraus gezogen wie irgendein theoretischer oder praktischer Philosoph: wie kam es, daß ich an diesen Zuständen und Menschen, die mir in den Weg geraten waren, wie Tausende mehr, ein so tiefes, inniges und zugleich so schmerzhaftes Interesse nehmen mußte? Wie geschah es, daß mich das Verschwinden des Gartens Mynheers van Kunemund nicht nur ärgerte, sondern auch so ungemein melancholisch stimmte?

Die Antwort auf alle diese Fragen war leicht zu finden. Die Schicksale dieser guten Menschen und Sachen schlugen sämtlich Töne in meiner Brust an, die lange auf diesen Fingerdruck von außen gewartet hatten. *Mein* Gefühl und Bangen, *mein* Unbehagen in der Zeit kam hier zum Anklang, und so ward mir im Tiefsten tragisch das, was jedem andern im Werkeltage, wenn auch vielleicht ein wenig betrüblich, so doch im ganzen recht gleichgültig und nichtsbedeutend erscheinen mußte.

Mit Recht! denn welch ein Glück für die Menschheit ist's, daß sie es gar nicht merkt, wie ihr die Zeit, die Jugend, das Glück, das Märchen, der Zauber, die Schönheit, die Zucht und die Tugend (man gestatte mir die zwei letzten verbrauchten Worte) unter den Händen weggleiten! Keines von alle diesem würde eben noch vorhanden sein, wenn man sein Abblassen, Einschrumpfen, Schwinden und Vergehen augenblicklich merkte und den schlimmen Prozeß diagnostisch, die Hand am Pulse, begleiten könnte. Die Menschheit würde es dann schon längst, längst aufgegeben haben, dem Tage und dem Glücke zu trauen. Sie würde den eben erwähnten Entwickelungs-Fort- und -Abgang merklich beschleunigt haben, — sie würde einfach ein beschleunigtes Verfahren der langsamen Hinquälerei vorgezogen haben. Die Philosophen nennen das, was das große Tamtam schlägt, das *Ding an sich* und haben sich unendlich gefreut, als sie das Wort gefunden hatten. Dieses Ding an sich, insofern es durch jedes neugeborene Kind, oder vielmehr durch jegliches Neugeborene sich darstellt, hat noch nie über den Tod nachgedacht. Mit dem ersten Kinde, mit welchem das Wissen des Todes geboren werden wird, ist die Stunde des Weltgerichts vorhanden, und die erste Mücke, die sich mit Vergnügen von der Grasmücke fressen läßt, spricht das Urteil, also — horchen wir Alten doch noch ein wenig dem sonderbaren, klangvollen Dröhnen in unsern Ohren! —

Ich hatte die neue Straße, über die traumhafte Erinnerung wegschreitend, durchwandert, hatte die verschiedenen Stilarten der frischaufgeschossenen Menschenunterschlupfe ästhetisch-kritisch begutachtet; und, das helle Leben um mich, das Handbuch der Kunstgeschichte im Kopfe, überraschte es mich, als ich mit einem Male vor dem Gitter des Kirchhofes stand, auf welchem man den kleinen, muntern Bruder Autor Kunemunds begraben hatte. Den hatte man noch nicht ausreuten können, den Kirchhof nämlich! Dreißig Jahre und länger verlangt das respektiert zu werden! Es ist recht unangenehm; aber bis dato hat man noch vergeblich sich den Kopf über die Frage zerbrochen, wie der Verdruß abgestellt werden könne; — die Lebenden haben es so eilig, und die Toten wollen sich Zeit gönnen — wahrhaftig, es wäre lächerlich, wenn es nicht so sehr, sehr ärgerlich wäre! —

Ich stand vor dem schwarzen, eisernen Gitter, vor welchem auch die neue Prachtstraße hatte Halt machen müssen, und ich blickte hinein und hin auf die Büsche, Bäume und Blumen über den Gewölben und um die Grabhügel. Sie lachten in der Abendsonne, und nicht ohne Grund. Im schönsten Grün lachte der Garten der Toten über die verschwundenen Gärten der Lebendigen; er allein hatte seine Blumen und Vögel und Schmetterlinge behalten, der Ort der Verwesung! und — ich wendete mich, schritt die neue Straße abermals hinauf, und kaufte im nächsten Buchladen ein Adreßbuch der Stadt, werde es aber den Lesern nicht deutlich zu machen suchen, wie ich gerade jetzt *darauf* kam.

In diesem Buche des Lebens blätternd und nach allerlei Namen suchend, erreichte ich mein Wirtshaus wieder, bezog am folgenden Morgen eine Privatwohnung und fand mich am Nachmittag zum zweitenmal am Bette des verwundeten Steuermanns Schaake sitzend.

Er befand sich, den Umständen nach, ganz leidlich. Seine Schmerzen wußte er zu verbeißen, und das Fieber trat nicht heftiger auf, als man erwarten konnte. Meinem Besuche hatte er, wie sein alter Hafenkapitän, die schöne, weiße Frau Muhme sagte, mit Sehnsucht und Ungeduld entgegengesehen; und nun waren wir allein, und die Hand auf die Bettdecke des Kranken legend, sagte ich:

»Ich habe mich gestern da und dort ein wenig umgeschaut. Das ist so eine Gärtnerschnurre, die dann und wann gelingt, daß man einen Baum ausreißt, ihn mit dem Gezweig in den Boden gräbt und seinen Spaß und seinen Ruhm davon hat, wenn die Wurzeln wirklich anfangen, Blätter zu treiben. Man nennt das den Gipfel der Kultur, lieber Freund, und ist sehr stolz darauf: was für Früchte unsere Nachkommen aus dem Experiment zwischen die Zähne

bekommen werden, können wir freilich heute noch nicht
bestimmen, bekümmert uns übrigens auch durchaus nicht.
Den Garten, den die kleine Gertrud ererbte, habe ich
vergeblich gesucht, aber wo das Fräulein jetzt wohnt, hab'
ich in Erfahrung gebracht; und nun, Freund, was ist es mit
der Gertrud? was ist aus der Gertrud Tofote, seit jenem Tage,
an welchem Sie den Stein der Abnahme aus dem Fenster
warfen, geworden?«

Auf diese Frage richtete sich der Steuermann mit einem Ruck
auf, der mich
bedauern ließ, sie an ihn gestellt zu haben, denn er biß die
Zähne vor
Schmerz dabei aufeinander und hätte fast den Verband
seiner Füße in
Unordnung gebracht.

»Unsere Gertrud?... O, ich habe gemeint, der Alte — ich
meine den Meister, — den Herrn Kunemund, habe Ihnen
das schon gesagt!«

Ich schüttelte den Kopf.

»Nicht?... O, unserm Trudchen soll es sehr gut gehen.«

»Sie sagen das mit einem eigentümlichen Tone, lieber
Freund. Weshalb wissen Sie nicht mehr oder wollen, wie der
Meister, nicht mehr von ihr sagen, als was sich in ein
kahles, mattes >Soll< legen läßt?«

Da faßte der Verwundete hastig meine Hand, zog mich
näher zu sich heran und flüsterte mir zu:

»Sie haben eben davon gesprochen! Ich hatte damals recht;
aber es war schon zu spät! Was half es mir, daß ich den
Unglücksstein in der Hinterlassenschaft des alten Sünders
fand? Herrgott, was ist aller Nebenwind auf See gegen den,

welchen der Flutwechsel auf dem Lande bringt! Das hat auch Gertrud erfahren! Aber es mußte so sein, denn wenn wir ihn meilenweit weggetragen und ihn dann in hunderttausend Stücke zerschlagen hätten, so würde es nichts geholfen haben. Das Unglück ist auf dem Platze geblieben, hat das Wasser in dem Weiher vertrieben und die Bäume vergiftet! Es war eben der Stein der Abnahme, und er allein ist schuld daran, daß die arme Gertrud uns, mich und das alte, liebe Leben aufgegeben hat. Ach, Herr von Schmidt, Sie, der Sie viel unter die Leute kommen, werden ihr gewiß begegnen, und wenn Sie ihr begegnet sind, dann wollen wir — ich und der Meister Autor Sie fragen, wie es unserer Gertrud Tofote geht!«

Ich fragte heute nicht weiter nach der jungen Dame. Fürs erste wußte ich genug und ging wieder ziemlich melancholisch und verstimmt nach Hause, bald nachdem die weiße blauäugige Muhme hereingekommen war, um meinen Platz am Schmerzenslager des Neffen einzunehmen. Doch, — auf *eine* Frage geriet ich noch und erhielt auch Antwort darauf.

Der Unglücksstein mußte freilich gewirkt haben, und es war nur ein Glück, daß jetzt die neue Straße auch über ihn hinwegführte, und er also auf Nimmerwiedersehen begraben worden war und keinen weitern Schaden mehr anrichten konnte. Ich bemerkte dergleichen, und der Kranke richtete sich von neuem empor und rief kläglich in seinem Fieber:

»Wissen Sie das gewiß? Ich nicht!... Wer kann sagen, wer ihn aus dem Teiche auffischte? wer weiß, wer ihn voller Vergnügen mit sich nach Hause nahm, als das Wasser des Tümpels abgelassen worden war, und der Schlamm offen zum Durchwühlen dalag? Man soll absonderliche Kuriositäten in dem Schlamme gefunden haben; ach, Herr von Schmidt, und fragen Sie nur den Meister Kunemund danach, der wird's Ihnen schon sagen, daß das Unglück sich nicht so leicht verbraucht in der Welt. Was Schaden bringt und Unheil stiftet, hat meist immer eine gute Gesundheit. O, es wird sicherlich jemand das Ding wiedergefunden haben und dafür büßen müssen!«

»Wir wollen es nicht hoffen,« sagte ich, und dann tat ich meine letzte
Frage, als die Muhme Schaake bereits auf meinem Stuhle saß.

»Noch einer! Da war noch ein Erbstück des Mynheer; — der Mohr, der wie hieß er doch? der Signor Ceretto! Lebt er noch, und was ist aus ihm geworden?«

»O der Nigger!« rief der Steuermann, und trotz allem Elend und Jammer ging ein Lächeln über sein Gesicht. »Ei freilich lebt der noch und gottlob dazu gesagt! Sie, unsre Gertrud schleppt ihn mit sich herum; er gehört zu ihrem Haushalt, wenn er das vielleicht auch nur seiner Farbe zu danken hat. Wissen Sie, lieber Herr, wenn Sie dem Fräulein begegnen, dann werden Sie auch wohl den Nigger zu Gesichte kriegen, und, bitte, dann grüßen Sie ihn recht schön von mir!«

Siebenzehntes Kapitel.

Es fehlen an der Leiter, die in den Brunnen hinunterreichen soll, immer einige Sprossen, hatte mir einmal bei einer andern Gelegenheit der Meister Autor gesagt; ich hatte es, das Wort, richtig befunden, es, wie man weiß, dann und wann weiter gegeben, und es bewährte sich auch diesesmal.

Ich hatte den Alten kurz und bündig, wie es sich ihm gegenüber gehörte, von dem Unglücksfall, der seinen Freund Karl Schaake betroffen hatte, in Kenntnis gesetzt; wir erwarteten im Cyriacihofe seine eilige Ankunft mit jeglichem Eisenbahnzug, er aber blieb aus. Wie sich's später auswies, war mein Schreiben richtig angelangt, hatte den Alten jedoch nicht zu Hause getroffen. Ein anderer Brief war vor dem meinigen gekommen, ein absonderliches Dokument, das *die* Alte in *ihrem* Dorfe einem Schulkinde in die Feder diktiert hatte. Darin stand denn zu lesen, daß es ihr, der Alten, gottsjämmerlich jammervoll ergehe, daß sie, die es zu allen Zeiten so gut mit dieser schlechten Welt im Sinne gehabt habe, jetzo von der ganzen Bauerschaft als ein Scheuel und Greuel vor die Feldmark gesetzt werden solle, und zwar mit Zurücklassung all ihrer Habseligkeit von wegen aufgewendeter Gemeindekosten.

»Alle seind mir aufsässig,« schrieb das Schulkind. »Sie verschimpfieren mir, wie man es keinem Hund und keiner Katze bietet. Sie hohnnecken mir bei Tag und Nächten, daß ich mich von Tage tun möchte, jedwedes Mal, daß mir die Sonne aufgeht. Sie zerren mich herum, jung und alt, wie eine tote Katze in der Gosse; sie betitulieren mich, wo ich mir sehen lasse, daß es eine Schande ist, und die, die es am wenigsten leiden sollten, sind die Ärgsten. Der Vorsteher sagt, das sei, weil ich es mit allen verdorben habe, aber, Kunemund, er lügt in seinen Balg hinein, und das will ich ihm dermaleinst vor Gottes Thron in das Gesicht sagen, und Er, Meister Kunemund, soll es mir bezeugen, denn Er kennt mich! Lieber Gott, wenn du mich nur hinnehmen wolltest, das ist mein einzigstes Gebet, wenn sie mir wieder vor die Tür hofiert und in den Kaffeekessel — haben. Es ist nicht zum Aushalten, Meister Autor, und dazu einen so alt — so alt werden zu lassen, das ist Unrecht, und das will ich auch dermaleinst vertreten, der liebe Herrgott mag's mir verzeihen. Du lieber Himmel, wenn ich an den Arend jetzt denke und an Sie, Herr Kunemund, und an die Gertrud und die Hunde und das übrige Vieh und das ganze gute alte Leben, so könnte ich mir mein Hemde in meinen Tränen waschen; denn so ist es, und so gut wird es mir niemals wieder. Aus tiefer Not schrei ich zu dir, steht im Gesangbuch, und welche Nummer der Pastor alle Sonntage auch singen lassen mag, was mich anbetrifft, so höre und singe ich nur das eine, wie sich auch der Kantor vor der Orgel die Seele herausdrücken und Hände und Füße abdrücken mag mit Wie viele Freuden dank ich dir, oder Dir Gott, dir will ich fröhlich singen, oder Mein Herz, ermuntre dich zum Preise, oder Wie groß ist des Allmächtigen Güte, ist der ein Mensch, den sie nicht rührt? Nein, liebster Herr Kunemund, ich bin kein Mensch mehr, o, und wenn ich es ihnen nur geben könnte, wie sie es mir gegeben haben und tagtäglich geben, so sollte sich die Landesbrandkasse wirklich darüber verwundern, und damit, Kunemund, wende ich mich in meinen höchsten Nöten an Ihn« — usw....

Auf diesen Brief hin hatte sich der Meister Autor natürlich sofort auf die Socken gemacht und die Wanderschaft zu der »Alten« angetreten; mein Schreiben aber lag beim Vorsteher, und da es zufällig unter seine sonstigen Papiere und Schreibereien geriet, so wurde es auch, als der Meister Autor mit der Alten zurückgekommen war, keineswegs sofort an ihn ausgeliefert; — den Brief der Alten an den Meister bewahre ich als ein kostbares Kleinod unter meinen Papieren. »Mit meinen fröhlichen Redensarten, die sich an den Spaß knüpfen, will ich Ihnen lieber nicht aufwarten,« sagte Herr Kunemund, als ich ihm das Dokument glücklich abgeschmeichelt hatte; und nun will ich weiter erzählen. —

»Ich habe schon einmal die Ehre gehabt, Ihnen zu

begegnen, mein gnädiges
Fräulein,« sprach ich mit einer tiefen Verbeugung zu der glanzvollen
Erscheinung, der mich mein Freund, der Hofrat (wie in einer alten, alten
Komödie) zuführte und vorstellte.

Die großen Augen erhoben sich verwundert fragend, und das Kind aus dem
Musterforst, die so sehr stattlich gewordene Elfe lächelte:

»Wirklich? O aber es wäre mir sehr interessant, zu erfahren Wo und Wie. Ich bitte —«

Und sie machte mir Platz neben sich auf dem Divan und lud mich mit der zierlichsten Fächerbewegung ein, mich zu setzen, was ich mit Vergnügen tat, während der Herr Hofrat sich im Kreise der Gesellschaft verlor, und uns, wie es schien auch nicht ungern, uns selber überließ.

»Wir taten einst einen wunderlich verhängnisvollen Gang zusammen, mein Fräulein,« sagte ich. »Ein guter Bekannter von uns beiden hatte mich dazu eingeladen und abgeholt, und so ging ich mit als Chorus tief in das Märchen hinein und sah das zuckerige Haus mitten im Zaubergarten. Ich hatte eigentlich nicht recht daran glauben wollen, aber ich überzeugte mich, daß alles so vorhanden war, wie die Geschichte und die Geschichten es uns berichten. Nichts fehlte! weder die Wände aus Honigkuchen, noch das Dach aus Eierkuchen, noch die Fensterscheiben aus Bonbontafeln. Und nun bin ich wieder über den Platz geschritten und habe leider gefunden, daß der Wind — der Wind, das himmlische Kind, sein Spiel während der letzten Jahre ein wenig arg getrieben hat; die Heerstraße führt mitten durch den Märchenwald, mein Fräulein, die Dekorationen haben sich merkwürdig verschoben, und wir alle haben mit daran rücken müssen.«

Das schöne Mädchen sah mich betroffen an und drückte den zusammengelegten
Fächer an den Mund; dann aber faßte sie sich schnell genug und rief:

»Mein Gott ja, das ist ja aber auch wahr! Sie waren in der Tat dabei zugegen, als mir des Onkels Erbschaft übergeben wurde! Das waren freilich sonderbare Zustände, an die Sie mich da erinnern! Der Onkel Kunemund hatte mich in jenem schrecklichen Gasthause abgesetzt, um Sie zu seinem eigenen Troste herbeizuschaffen; und dann gingen Sie mit uns zu dem verwilderten Garten und dem unheimlichen alten Hause. Ei ja, ja, nicht wahr, das alles hat sich seltsam verändert? Dekorationen und Akteure sind andere geworden, und unter den letztern hab' auch ich mein Kostüm gewechselt; — finden Sie nicht?«

»Gewiß!« sagte ich, verbindlich mich neigend und überzeugte mich verstohlen von neuem, daß der Meister Autor vollkommen genau gesehen hatte, wenn oder als er das Nämliche gefunden hatte. Dann fuhr ich fort: »Ich war längere Jahre abwesend von dieser Stadt und habe meinerseits gleichfalls die Bilder im Guckkasten in bunter Folge wechseln gesehen. Überall verschiebt die Welt sich, mein teures Fräulein, und sonderbarerweise meistens ohne daß wir es bemerken; das Buch Hiob hat heute in dieser Beziehung in demselben Grade recht wie zur Zeit seiner Abfassung. Wie in den Tagen des Mannes von Uz geht der Herr vorbei, ohne daß wir es gewahr werden; aber manchem alten guten Bekannten bin ich seit meiner Rückkehr doch wieder nahe gekommen. Haben Sie in der letzten Zeit Nachrichten von unserm Freunde, dem Herrn Kunemund erhalten?«

»Nei—n, mein Herr,« sagte das Fräulein, und ich beobachtete dabei leider auch ein etwas mißmutiges Emporziehen der feinen runden Schultern, ließ mich jedoch selbstverständlich nicht dadurch irr machen, sondern fuhr heiter fort:

»Dann habe ich einigen Anspruch auf ihre Dankbarkeit, indem ich Ihnen die neuesten mitteilen kann. Es geht dem braven Alten recht wohl; er führt sein Schnitzmesser so rüstig und kunstfertig wie vor Jahren und hat auch seine übrigen Künste in Wald, Garten und Feld durchaus noch nicht verlernt. Ich hatte die Ehre, ihn neulich auf dem Wege zu treffen, und er lud mich freundlich ein, ihn in seiner jetzigen Häuslichkeit zu besuchen. Zwei sehr angenehme Stunden habe ich in seiner Gesellschaft hingebracht; leider war es nur ein sehr unglücklicher Zufall, der mich mit ihm von neuem zusammenführte, nämlich jenes Eisenbahnunglück, das mich nur einen kurzen Augenblick auf der Reise aufhielt, das aber einem andern, jüngern guten Bekannten, ich meine den armen Steuermann, Herrn Karl Schaake, so teuer zu stehen kam —«

Jetzt fuhr die junge Dame im Ernst zusammen, wurde erst sehr bleich, dann sehr rot und rief:

»Mein Herr?«

»Ja, mein liebes Fräulein, auch ihn habe ich bereits einige Male besucht.
Er leidet große Schmerzen, trägt sie mit leidlichem Humor und macht seine
Umgebung um so trostloser, je vergnügter er sich stellt. Die Ärzte und
Chirurgen sind noch immer nicht sicher, ob sie ihm seine unglückseligen
Füße lassen dürfen oder nicht.«

105

Gertrude Tofote lehnte sich sehr bleich zurück; dann faßte sie heftig, auf einen kürzesten Augenblick, meine Hand:

»Was sagen Sie?... was ist?... o ich weiß gar nichts!... ich habe nichts von dem erfahren!... ich bitte Sie —«

»Ich habe auch die Bekanntschaft seiner Muhme oder Base gemacht. Ein kurioses Weibchen! ein wenig sehr taub; aber ein alt Jüngferchen wie aus dem Märchenbuch, — und noch dazu aus *unserem* Märchenbuch, mein teures Fräulein.«

»Jawohl, jawohl, ich bin — früher auch dann und wann mit ihr zusammengetroffen; — er hat den Fuß gebrochen? Karl hat den Fuß gebrochen?«

»Beide Füße! Sie wurden ihm arg verletzt infolge jener bedauernswerten Entgleisung, von welcher Ihnen die Zeitung gesagt haben wird; aber er trägt wirklich sein Elend wie ein braver Mann. Mit seinem Seefahren und sonstigen abenteuerlichen Liebhabereien wird es freilich unter allen Umständen zu Ende sein.«

»Und den Onkel Kunemund haben Sie auch gesehen?« rief die Elfe. »Ich habe ihn lange nicht gesehen. O sagen Sie mir —«

Es war mir augenblicklich unmöglich, weiter etwas zu sagen, denn wir wurden in unserer Unterhaltung unterbrochen und zwar auf die liebenswürdigste Weise von der Welt.

Eine schöne, durchaus nicht alte, eine stattliche, fröhlich lächelnde, dunkeläugige Dame in Dunkelblau und weißen Spitzen glitt durch die Wellen der Gesellschaft zu uns heran, in ihrem Fahrwasser einen jungen Herrn der Tochter des Försters Tofote zuführend. Der Herr war ein Jüngling von zwei-, fünf-, sechs- oder siebenundzwanzig Jahren mit

einem etwas knabenhaft rundlichen,
sommersprossenübersäeten, gänzlich bartlosen und ganz
gutmütigen Gesicht, runden mädchenhaften Schultern und
einem Lächeln um den Mund, das, wenn es klar für die Güte
des Herzens sprach, von den geistigen Fähigkeiten des
jungen Mannes ein wenig undeutlicher redete. Nach einer
letzthin bekannter gewordenen Theorie war er also
unbedingt mehr der Sohn seines Vaters als seiner Mutter.

»Da bringe ich dir endlich meinen Vetter, Gertrude!« rief die
schöne Dame. »Das ist Vollrad, und — sieh, Vollrad, das ist
meine süße Hausgenossin. Ihr werdet Euch sicherlich
zusammen vertragen? Nicht wahr, ihr versprecht mir das
auf der Stelle? Denke dir, liebes Herz, er ist über mich
gekommen, wie der Dieb in der Nacht, oder wie die Ameise
— nein wie der gepanzerte Mann im Evangel — auch nicht,
sondern in den fünf Büchern Moses. Vor einer Stunde ist er
von Berlin angelangt; — ich lag, wie du weißt, mit meiner
Migräne und meiner Journalmappe auf meinem Zimmer und
hatte dich armes Lamm heut abend allein und schutzlos in
die böse, schlimme Welt hineinfahren lassen, als er plötzlich
vor mir stand. Du kennst mich, Gertrude, du weißt also
auch, wie rasch mein Unwohlsein verflogen war, und hier
sind wir, und das ist nun die Gertrud, Vollrad! und das ist
mein Vetter Vollrad, liebe Gertrud; und wie gesagt, vertragen
werdet ihr euch ja wohl — wenigstens so lange, als es dem
jungen Herrn hier in der Stadt zu gefallen belieben wird —
nicht wahr?«

Ich hatte den Wortstrom dicht neben mir vorüberrauschen
lassen; jetzt wurde mir auch noch das Vergnügen zu teil, der
näheren Vorstellung zwischen den beiden jungen Leuten
anwohnen zu dürfen. Darauf aber empfahl ich mich, und
Gertrude Tofote sagte:

»Ach, wir haben uns eigentlich noch so vieles zu sagen!...

und ich hätte so vieles zu fragen! Nun, wir sehen uns sicher noch häufiger in der Gesellschaft!«

»Ich hoffe das,« sprach ich und zog mich zurück mit einer höflichen
Verbeugung. Auch die gnädige Frau grüßte und der Vetter gleichfalls. Im
Zurückweichen sah ich noch, wie die schöne Dame sich gegen das junge
Mädchen neigte, und nahm die Frage von ihren Lippen mit:

»Wer ist es denn, Gertrud? Der Herr kommt mir bekannt vor; aber ich kenne sehr viele Leute.«

Was mich anbetraf, so kannte ich auch sehr viele Leute: die schöne stattliche Dame war die Frau Christine von Wittum, die junge rasche Witwe eines in sehr reifen Jahren entschlafenen hohen Staatsbeamten, und Gertrud Tofote wohnte mit ihr unter ein und demselben Dache. Daß die gnädige Frau sich auch meiner aus früherer schönerer Zeit erinnern mußte, stand mir in unumstößlicher Gewißheit fest. Doch davon später. —

Achtzehntes Kapitel.

Von meinem ersten Besuche bei dem Steuermann an waren acht Tage vergangen. In diesen acht Tagen hatte ich mich von neuem häuslich in der Stadt eingerichtet, hatte unter meiner sonstigen Korrespondenz den Brief an den Meister Autor abgeschickt, hatte die hübsche Gertrud im Schoße der besten Gesellschaft des Ortes gefunden, war mit der schönen Witwe Christine von Wittum und ihrem Berliner Vetter Vollrad in Berührung — angenehme Berührung —

gekommen, und saß am neunten Tage auf meiner Stube und an meinem Schreibtische in der festen Gewißheit, daß nicht alles gut war — weder was mich selber, noch was die andern anbetraf.

Sehr unbegründet ärgerte mich heftig der Meister Autor Kunemund, der aus den mitgeteilten stichhaltigen Gründen nichts von sich hören ließ. Dem Steuermann ging es schlecht; dem Töchterlein des Försters Arend Tofote ging es zu gut, und ausgezeichnet gut ging es der Frau Christine, welche die einzige unter uns war, die das Leben vom rechten Standpunkt aus ansah und also auch sich in es zu schicken wußte, und — — andere Leute auf ihre Seite hinüberzuziehen wußte.

Es ist eine im Grunde lächerliche und dem denkenden Menschen auffällige Tatsache, daß je mehr das unbefangene Interesse am Dasein und den Bedingungen desselben wächst, in demselben Grade das Vergnügen und Behagen dran abnimmt. Denn wenn auch in früheren Epochen die Menschen es sich gleichfalls recht sauer haben werden lassen in der Arbeit, sich es behaglich auf dieser Erde zu machen, so fehlte ihnen doch das intensive Bewußtsein dieser großen Mühe, und das haben wir jetzt im vollsten Maße, und das ist das Elend! Darüber habe ich lange und tief nachgedacht, auch kluge Nachbarn zur Rechten und Linken um ihre Ansicht und Meinung darob befragt, und nachdem auch sie länger und genauer darüber nachgedacht hatten, haben sie die Achseln gezuckt, mich seufzend von der Seite angesehen und sind — wieder an ihre Geschäfte gegangen. Wer Ohren hat zu hören, der höre, und nehme Rat an und setze sich hart! — ein Schemel von weichem Holz, vor dem Lehrstuhle der Erfahrung ist das einzige, was der Menschheit noch helfen kann. »Bitte Platz zu nehmen,« sagt der Mann aus Sinope; und: »Bitte Platz zu behalten!«

sagte schon lange vor ihm der Prediger Salomo; — »Wer aber stehend besser hören kann, den soll man gleichfalls nicht hindern!« sprach lange nach den beiden der heilige Simon Stylites, der syrische Mönch mit einem sonderbaren Blicke auf die Stadt Antiochia; — ich persönlich setze mich selbstverständlich am Schlusse dieser Historia so weich als möglich. —

Man spinnt dergleichen philosophische Gedankengespinste dann und wann nicht ungern und, seltsamerweise, dann am liebsten, wenn der Lehnstuhl recht bequem ist, und man auch sonst durch keine geistige und körperliche Abhaltung gehindert ist, sich seinem asketischen Behagen mit vollkommener Freiheit hinzugeben. Mit diesen und ähnlichen Gedanken, wie man das nennt, beschäftigt, drehte ich in meinem Lehnstuhle vor meinem Schreibtisch die Daumen umeinander, als es an meiner Tür pochte.

Es klopft häufig an meiner Tür, wie der Leser bereits erfahren hat, und ich pflege mich nie durch ein »Nicht zu Hause« zu verleugnen; den Kreis meiner Bekannten habe ich niemals zu verengern gesucht, und dazu gehörte der Mensch, der jetzt kam, sogar zu meinen Freunden, und nach dem Meister Autor konnte mir niemand gelegener kommen.

Der Teufel, dem das weißeste Weiberfleisch nicht zu weiß und zu zart und nicht zuwider ist, wenn er in der Maske das Seinige bequemer zu verrichten hofft, kann schwarz, recht schwarz auf der Bühne erscheinen; aber schwärzer kann er sich unmöglich aus der Kulisse schieben, wie mein jetziger Besuch.

»Ceretto! Signor Ceretto!« rief ich. »Von Allen aller Hautschattierungen mir Gesegneter! Mein schwarzer Diamant! mein Sonnenstrahl vom Mondgebirge! mein unsträflicher Äthiopier aus dem Schüsselkorbe zu Bremen, — seid Ihr es denn wirklich? Alter Freund, ist es wirklich kein Gerücht, wandelt Ihr wirklich noch unter den Lebendigen, um mit dem Meister Kunemund dieser schlechten Welt die Stange zu halten?«

»An jedem Ende einer,« lachte der Schwarze, den schlossenweißen wackelnden Haarwulst mir entgegenschüttelnd. »Und sie springt, Herr! sie springt gut und überschlägt sich mit Grazie. Ich hab' es meiner Zeit im Zirkus kaum besser gemacht; aber ich verstehe mich eben drauf, und habe also auch heute noch mein Vergnügen dran, was auch der Herr Kunemund seinerseits dagegen vorbringen mag.«

»Und wie er sich konserviert hat!« rief ich, entzückt und zärtlich das schwarze Greuel in die Arme fassend. »Seine siebenzig Jahre hat er bald gut auf dem Nacken; aber wie steht er noch auf den Füßen! wie sieht er noch aus den Augen!«

»Und erst der Magen, Herr,« grinste der Alte, den zahnlosen Mund vor Behagen so weit als möglich öffnend. »Ich brachte ihn schwach mit auf die Welt, den Magen, aber die Mäßigkeit und solide Diät hat ihm und mir durchgeholfen. Die Leute sollten nur recht wissen, wie gut einem das Feuerschlucken, Säbelklingenverschlingen und Lebendige-Kaninchen-fressen tut; — wahrhaftig, sie ließen sich bald viel mehr auf den Jahrmärkten als in den Bädern sehen. Da muß man in seiner Jugend den wilden Indianer selber gespielt haben, um darüber mitreden zu dürfen; übrigens glaube ich, gibt es keinen zweiten Menschen, der sich so fest vorgenommen hat, noch einen Blick in das zwanzigste Jahrhundert zu tun, wie ein gegenwärtiger Wichselmeyer, Signor Ceretto Meyer aus Bremen.«

»Und nach einem zweiten gleich gebildeten Mohren, Neger oder Nigger wird man gleichfalls lange suchen dürfen!« rief ich lachend. »Daß Sie Ihre Diätetik aus sich selber haben, weiß ich; aber woher Sie den Blick in das zwanzigste Jahrhundert nehmen, das mag der Teufel raten.«

»Danke, Mynheer. Vielleicht kommen Sie noch dahinter; verlieren Sie nur den Mut nicht. Ei freilich, wir haben unsere Gelegenheiten, uns zu bilden, und nehmen sie auch wahr; sonst aber, verehrter Herr von Schmidt, lassen Sie sich jetzt vor allen Dingen sagen, daß ich diesmal nicht aus eigenem Antrieb die Ehre habe, sondern mit einem Kompliment und einer Bestellung geschickt werde. Wenn Sie es gütigst erlauben, will ich ein andermal —«

»Aus eigenem Antrieb kommen und vorlieb nehmen; — natürlich. Wer aber schickt Sie heute denn, alter Freund?«

Da verwandelte sich das breite Grinsen auf der uns Japhetiden trotz allem stets so verwunderlichen Physiognomie des Spötters Ham in sein vollständiges Gegenteil.

»Sie!« sagte der Mann aus dem bremischen Schüsselkorbe kurz.

»Sie? ja freilich sie! Das läßt sich wohl erraten, ohne daß man lange darüber nachzudenken braucht. Was wünscht das Fräulein?«

Ich hatte dem Greise meinen weichsten und bequemsten Sessel zugeschoben, und da saß er, eine wahre, wirkliche echte Meßrarität, den Kopf zwischen den Schultern und nur das Weiße in den Augen zeigend — eine Rarität, auch für die Büchermesse.

»Was wünscht das Fräulein, Ceretto?«

Das ganze Elend Hams, nachdem der Vater Noah das Seinige gesagt hatte, sah mich aus den Augen dieses Mohren an, als er endlich erwiderte:

»Vielerlei. Das heißt, wahrscheinlich sehr vieles; — vor allem andern aber wünscht sie, daß Sie die Freundlichkeit haben · möchten, morgen abend eine Tasse Tee bei ihr zu trinken.«

»Mit Vergnügen!« sagte ich, zustimmend das Haupt neigend. »Der Wunsch mag dem Kinde in Erfüllung gehen; aber, Freund, da ich Euch habe und halte, lasse ich Euch nicht eher wieder, bis ich — ein wenig genauer weiß, wie Euer Leben verlaufen ist, — seit — seit jenem Tage, an welchem Ihr uns über Mynheer van Kunemunds Gartenhecke aus unserm Suchen nach der Erbschaft Mynheers in dieselbe hineinwinktet.«

»Ich habe eben mit zu der Erbschaft Mynheers van Kunemund gehört, mein
Herr.«

»Wahrhaftig! und Sie und unser schönes naives Waldkind wohnen mit der Frau von Wittum unter *einem* Dache. Der Förster ist tot, der Meister Autor haust einsam und geheimnisvoll in seines Vaters Hütte, und Herr Vollrad von Wittum kommt von Berlin, um sich der Gertrud vorzustellen zu lassen: weshalb, weshalb und hundertmal weshalb dieses alles?! Wir leben in Tagen, denen es auf eine genaue Einsicht in die Dinge überall im hohen Grade impertinent ankommt, und Sie, Ceretto, sind der Mann, der diesmal hier die nötige Aufklärung geben kann. Nehmen Sie eine Zigarre!«

Der Alte griff dankend in das angebotene Kistchen und sagte lächelnd:

»Wenn ich nur das erzähle, was ich weiß, so nehmen Sie mir dieses wohl nicht übel?«

»Die Frage tut man auch nur an einen, den man bereits genauer kennt. Ich werde es nicht übel nehmen; aber Ihr habt Glück, Wichselmeyer; Tausende würden es sehr übel nehmen und allem Eurem Widerstreben zu Trotz alles Mögliche in Euch hineinfragen.«

»So ist es,« sagte der Schwarze, »kommen wir also wie alles Gute und Verständige schnell zu Ende. Es war ein zierlich, einfach, niedlich Ding, Herr, was Sie in unsern Garten einführten, und es kam in glücklicher Begleitung, aber es ging unsichtbar hinter ihm etwas, was nicht zur Gesellschaft gehörte, was sich aber, wie Sie wissen, merkwürdig fein und frech aufzudrängen versteht, bis es alles, was es nicht auf dem Wege vor sich brauchen kann, richtig und ruhig im Graben hat. Wir aus der Bedientenstube sehen es häufiger, als die Herrschaften meinen, die Treppe hinaufschleichen; und wenn wir es zu melden haben, oder ihm nachher in der Garderobe den Überrock hinhalten oder den Schal umhängen, so zahlt es meistens durchaus nicht die schlechtesten Trinkgelder.«

»Signor Ceretto, Ihr seid ein großer Mann!« unterbrach ich in vollster
Bewunderung.

»Das heißt, wir haben die Jahrmärkte und Messen bezogen, sind alt geworden und jung geblieben — Herr, man kann das letztere auch, ohne auf dem Markte ausgestanden zu haben — der Herr Autor Kunemund kann sich in der Hinsicht auf das Aushängeschild malen lassen — na wie ist's, was das anbetrifft, darf man Sie doch mit der Trompete vor die Bude schicken?«

»Sie sind ein großer Mann, Ceretto; und da Sie das auch wissen — was wollen Sie mehr?«

»Die beiden alten Herren, der Förster Tofote, der Meister Kunemund und — ich, wir waren also machtlos gegen Das, was sich mit einschlich in den Garten Mynheers, und der junge Mensch, der Leichtmatrose, ebenfalls, obgleich der vielleicht noch am ehesten etwas dagegen hätte tun können, wenn er nicht im natürlichen Lauf der Dinge den veränderten Umständen gegenüber sofort so sehr verdrossen und unerträglich geworden wäre. Er ging schneller wieder zu Schiff und auf die See, als er verantworten kann. Der Teufel hole ihn dafür.«

»Das hat er bereits so halb und halb besorgt; — erzählen Sie weiter,
Ceretto.«

»Hat er ihn geholt? Herr, entschuldigen Sie, aber es werden viele Ansichten in Spiritus gesetzt, die ihn nicht wert sind! Uns — uns hat er am Kragen und hält uns ziemlich fest; aber Sie haben recht, und ich erkläre weiter, wie ich in meiner angenehmen Jugend auf dem Hamburger Berg schon berühmt dafür war. Also wir drei Alten mit dem Fräulein waren nun allein unter uns — eine fidele Menagerie, Herr, und das Publikum fand das auch, ohne daß wir das Fräulein, sozusagen, den Honoratioren mit den Zetteln in die Häuser zu schicken brauchten. Das Publikum kam ganz von selber, und das Schlimme dabei war nur, daß das Fräulein binnen kurzem sich ein Separatkabinett einrichtete, das Hauptgeschäft schädigte und uns den Stuhl vor die Bude schob, natürlich ohne es selber ganz genau zu wissen. O Herr, Herr, welche und wie viele Leute kamen, um uns zu gratulieren und um an unserm Glück innigen Anteil zu nehmen, das heißt ihren Anteil! Ich hätte Sie wohl dabei haben mögen, um den Spaß anzusehen. Für einen, der nichts damit zu tun hatte, wie zum Exempel mich selber, war es wirklich eine Lust, denn die drei — der Arend, der Autor und die Gertrud waren wie die unmündigen Kinder in der Hand der Kriegsknechte Herodis oder noch ein wenig schlimmer. Zu Bethlehem war dem Jammer wenigstens schnell ein Ende gemacht, aber hier zog sich das Vergnügen länger hin, und was das gnädige Fräulein angeht, so —«

Hier griff sich der Greis so komisch-kläglich in die weiße Wolle und seufzte so gewaltig, daß ich schnellstens in der Phantasie nach dem Sonnenschein, Lerchensang, Wachtelruf und Thymiangeruch in den Dornstrauch an jenem Hohlweg zu greifen hatte, um in meiner Teilnahme an den alten Tagen des Meisters Autor nicht ins Bodenlose zu versinken.

»Die Obervormundschaft mochte manchmal ihr blaues Wunder haben,« fuhr mein so sehr europäisch gewitzigter Afrikaner in seinem Berichte fort. »Erst nach und nach, so ganz nach und nach konnte es zutage kommen, was für eine Erbschaft eigentlich Mynheer van Kunemund uns hinterlassen hatte. Es fanden sich ausgeliehene Kapitale an Orten, wo es sehr, sehr übel roch, — Kapitalien, die nicht gewinnbringender angelegt werden konnten. Wir hatten zwar unsere Advokaten dafür; aber dem Kunemund und dem Tofote konnte doch niemand davon helfen, mit Volk verkehren zu müssen, das wie die Regenwürmer bei Laternenschein aus der Erbschaft heraufwimmelte. Großer Barnum, jetzt erst kam es so nach und nach heraus, was für ein Geschäft der Erblasser selber besorgt hatte, ehe er es uns auf die Schultern ablud. O und an Bekanntschaften fehlte es dem lieben Kinde bald gar nicht, — wir fanden sie von allen Sorten — ganz herrliche und nobele Leute, die sich unserer aufs freundlichste annahmen; aber auch das Gleiche von uns verlangten. Und kurioserweise zeigte es sich bald, daß das, wobei den zwei alten Herren übel genug wurde, diesen Eindruck auf den Magen der jungen Dame gar nicht machte. Im Gegenteil fand sie sich mit vielem Geschmack in das neue gute Leben hinein, nahm zu an Weisheit und Tugend, und wenn ich nicht schon vorher gewußt hätte, was für ein Schlaukopf mein seliger Herr, der kleine Bruder des langen Meisters, gewesen war, so wäre es mir jetzo wie durch ein Gaslichtmikroskop deutlich gemacht worden. Eine hunderttausendfach vergrößerte Käsemilbe ist mir heute gar nichts mehr gegen Mynheer van Kunemund; ich bin selber einmal eine Zeitlang mit einem Doktor, der aus einem solchen Vergrößerungsglase sein Dasein zog, gereist und muß das wissen. Der selige Herr, mein Mynheer, hatte es sich genau überlegt — er überlegte sich alles genau — und sein Vermögen war in den besten Händen. Er hatte sich vorgenommen, seinen Herrn Bruder auch nach seinem Tode zu ärgern, und er ärgerte ihn gründlich.«

»Sie sind ein großer Mann, Ceretto!« sagte ich leise, und viel mehr zu mir selber, als um das meinem Besucher von neuem auszusprechen. Er aber nickte und fuhr im kläglichen Tone in seinem Berichte fort, um ihn schnell durch eine Frage zu unterbrechen:

»So lebten wir denn vergnügt hin ... Entschuldigen Sie, haben Sie sich nicht wie die andern auf der Stelle in die gnädige Frau verliebt?«

»Die gnädige Frau? Frau Christine von Wittum? ... bei allen Fetischen Ihrer Heimat, lieber Meyer, Sie bringen mich darauf — es ist eine schöne Frau — ein schönes Weib! Das aber habe ich freilich schon ziemlich lange gewußt.«

»Sie ist die Hexe in der Geschichte — aber es ist eine junge und hübsche
Hexe, das muß ihr der Böse lassen; — die beiden alten

Herren aus dem
künstlichen Urwalde fanden das auch bald heraus, und der
Herr Autor
Kunemund zuerst.«

»Wieso?«

»Er verließ uns zuerst; das heißt, sie jagte ihn zuerst zur
Tür hinaus. Der Herr Förster Tofote ging erst, als von der
Gesellschaft der erste Baum im Garten niedergehauen
wurde, und die neue Straße über die alte Hecke, über die ich
Sie bewillkommnete, sich hinlegte. Der Herr Autor brannte
bei dunkler Nacht durch, aber der Herr Förster ging am
hellen Tage, und die gnädige Frau und das gnädige Fräulein
brachten ihn zärtlich zur Eisenbahn, und ich besorgte ihm
sein Gepäck. Es war am besten so, denn den Tag darauf
kamen die Maurer, um das alte Haus im Garten
niederzureißen, und im Hause der gnädigen Frau würde der
Herr Förster sich doch wohl ein wenig unbehaglich gefühlt
haben. In dem hundertjährigen Garten aber sind auch nicht
immer unschuldige Kinder- und Schäferspiele aufgeführt,
also fort mit ihm! das war meine Ansicht von der Sache,
und da meine Hautfarbe der gnädigen Frau konvenierte, so
blieb ich und ging mit, denn ein Esel war ich nicht, und in
des Meisters Kunemund Dorfe würde ich ein recht liebliches
Dasein gelebt haben, wenn ich da den Tee hätte präsentieren
wollen. Also —«

»Also?« …

»Bin ich hier und lade freundlichst ein, morgen abend eine
Tasse Tee bei dem gnädigen Fräulein zu trinken und — wie
man hier und da in der Provinz sagt, mit *uns* vorlieb zu
nehmen.«

»Würden Sie mir raten, die Einladung anzunehmen,

Ceretto?« fragte ich nachdenklich.

»O gewiß! Ich an Ihrer Stelle würde sicherlich hingehen, —
schon des Herrn Meisters und des seligen Herrn Vaters
wegen würde ich mir den Spaß ansehen. Es ist eine
Hauptkomödie! — in meinem ganzen Leben bin ich noch
nicht so an meinem Platze gewesen, wie jetzo in dieser
gegenwärtigen Kondition. Kommen Sie unter allen
Umständen; Sie finden auch sonst bei uns die schönsten
Leute der Stadt, und daß Sie unserer gnädigen Frau nicht
übermorgen einen Heiratsantrag machen werden, davor
sind Sie noch gar nicht sicher; denn wenn die Gnädige
ihren Kopf darauf setzt, so darf ich heute schon gratulieren.
Mir ist es mit ihr grade ebenso ergangen.«

»Ceretto?!« stammelte ich, im Gemüte schwankend zwischen
Schrecken und
Heiterkeit; aber die letztere siegte ob, und ich rief lachend:

»Ich komme! ich komme! verlassen Sie sich drauf, Sie
dunkelfarbiges
Meßungeheuer!«

»Es wird uns eine große Ehre sein,« sprach der Mohr aus
dem Bremer
Schüsselkorbe mit der ernsthaftesten Miene; dann aber
grinste er in einer
Weise, die die Wand ihm gegenüber hätte anreizen können,
dasselbe zu tun
und einen Spalt zu erzeugen, querüber von der Decke bis
zum Fußboden. —

Neunzehntes Kapitel.

Ich ließ mich erkundigen, wie es dem Steuermann Schaake gehe, und erhielt die Antwort: Schlecht! — Er liege im argen Fieber, berichtete mein Bote, — er spreche das tollste Zeug und halte sich meistens auf dem Wasser auf.

Mein Bote selber hatte ihn, von der Tür aus, reden hören.

»Es wird einem ganz schwindlig dabei zumute,« sagte er. Der alte Hafenkapitän aber hatte geweint und ließ sagen: wenn es mir möglich wäre, so würde es ein Trost im Hofe sein, wenn ich noch einmal im Laufe des Tages vorsprechen wolle.

Ich ging am Nachmittage und ging ebenfalls aus der »langweiligen
Dasselbigkeit des Daseins«, aus der Trivialität der Werkeltagswelt und des
Alltagslebens hinaus auf die hohe — hohe See.

Und sie kamen in langgezogenen weich-gewaltig sich rundenden und majestätisch vornüberbrechenden Wogen heran, die großen Wasser. Sie wälzten sich eine nach der andern her gegen das Ufer jener Dasselbigkeit, von der Marina spricht; aber es war eine Täuschung, daß die Wellen den, der sich in sie eintauchte, freudiger und lustiger an diesen langweiligen Strand zurückbringen würden. Die bittern Wasser zogen dem Lebendigen die Füße vom Boden weg, hoben und trugen ihn — aber sie spielten mit ihm; nicht er mit ihnen! — nur die Leichen und Trümmer kamen zurück an den Strand.

Es war heiß in den Gassen der Stadt, aber kühl in dem dunkeln mittelalterlichen Hofe, in welchem der Steuermann von der See träumte. Ich saß am Bette des fiebernden Kranken zu Häupten, die Muhme zu Füßen, und sie, die dem braven Schiffsmann so oft, seinen guten, sichern, behaglichen Ankerplatz hinter dem Hafendamm angewiesen hatte, sie hatte die Schürze über den Kopf gezogen und den Mut verloren.

Es hatte sich in der Tat mit dem armen Karl verschlimmert. Die Ärzte sagten das, was sie zu sagen hatten, mit dem bekannten gedämpften Tone. Sie hatten wenig Aussicht, ihren Patienten am Leben zu erhalten, und gestatteten sich bereits vor der Tür die Bemerkung, daß dieser Mann von Rechts wegen eigentlich nicht auf dem Lande und zwar so tief im Binnenlande hätte begraben werden sollen. Es war eine naheliegende Bemerkung. —

Der Verwundete erkannte mich noch; er hatte mir die heiße Hand entgegengestreckt und gerufen:

»Das ist schön! Nun was sagen Sie aber? das Schiff ist klariert bei Zoll-
und Hafenbehörde; — alles fertig — mit der Ebbe seewärts, und — hoffe,
Maat, daß Sie nicht ausspucken werden, wie ein Chinese, wenn er eine
Sternschnuppe sieht.«

Ich sagte natürlich etwas Angemessenes; aber der Kranke, von einer neuen
Welle weiter von mir weggezogen, schüttelte heftig den Kopf:

»Da! ich sagte es doch, — steif aus Norden. Leichte Segel fest! da haben wir's — große Royalrah zum Teufel. Wie gut, daß *sie* es so gut am Lande, im Walde hat, — wenn ich nur des Alten Hunde noch einmal in der Ferne hinter den Büschen anschlagen hören könnte!.. Was?.. und das schon die Berge von Ceylon?... eben klarste Kimmung und bezogene Luft im Augenblicke drauf! Der Teufel werde klug aus dem Wetter, daß man den Wald vor Bäumen nicht sieht, wie der Meister Autor sagt.«

Nun erkannte er mich wieder und rief, das letzte Wort aus seinen Phantasien mithernehmend:

»Es ist doch schön im Walde, in dem alten Hause bei dem Tofote — man muß die See befahren haben, um das auszufinden. =Ay, Sir=, aber Gertrud — unser Trudchen, unser Trudchen, kennen Sie unser Trudchen Tofote? Sie haben mir gesagt, der Herr Förster sei gestorben; aber das ist bloß der Nebel auf dem Meer — die bezogene Luft — sehen Sie, Kapitän, wie ich es gesagt habe — gegen Abend schönes Wetter, abnehmender Seegang, leichte ebene Brise und — da stehen wir dicht unter der Küste von Travancore, es wird sich schon machen, Supercargo, daß wir auch Arabien noch einmal im Mondschein liegen sehen.«

»Nun hören Sie ihn nur! Haben Sie ihn gehört?« flüsterte die Muhme Schaake in einer Pause, während welcher der Kranke unruhig hinschlummerte. Ich aber nahm jetzt die Hand der Greisin und hielt sie stumm fest; der Kranke fing bald wieder an, von neuem zu reden.

»In Arabien erzählt man Geschichten; die Bücher von den tausend Nächten sind daher, sagt man. =Damn=, die Korallenbänke und blinden Klippen! die ganze Küste von Aden soll zur Hölle fahren! Nicht wahr, Herr, die Gertrud kommt so her wie aus dem arabischen Märchen und — Mynheer — van Kunemund auch; — wir gingen alle in den schönen Garten — Schiff glatt vor dem Winde unter beiden Marssegeln, und wäre der Stein der Abnahme nicht gewesen, so hätt' mir kein größerer Spaß widerfahren können. Hab' ich's nicht gesagt, Kapitän? von Aden an Sturm, — da haben wir's, und das Kajütendeck fängt sofort an zu lecken — warmes Regenwasser in den Grog — und da

— Bab el Mandeb — das Tor des Todes!... ich wollte, wir säßen sicher auf dem Lande und wär's auch bei Dscheddah in der Wüste auf Mutter Evas Grabe!«

»Das muß man nun anhören!« klagte die Muhme Schaake. »Von Mutter Evas Grabe hat er die letzten Tage durch alle Augenblicke angefangen zu sprechen. Er muß wohl einmal dagewesen sein; — o lieber Herr, manchmal hat er während der letzten Tage fürchterlich auf die Weiber geschimpft, der arme Junge. Ich habe es ihm für meine Part nicht übelgenommen, von mir mochte er sagen, was er wollte; aber er muß uns auch wohl von allen Farben gesehen haben — schwarz und gelb und braun — von den melierten und den weißen gar nicht zu reden.«

Der Kranke lachte jetzt in seinem Fieber; es mußte doch wohl etwas von den Worten der Greisin sich in seinem Bewußtsein festgehäkelt haben; er sprach aber weiter nichts, sondern fiel in einen etwas festern Schlummer.

»Es wäre arg gewesen, Frau Schaake, wenn er von Ihnen etwas Böses hätte sagen wollen,« bemerkte ich, jedoch ein wenig zerstreut, denn — bei Mutter Evas Grabe, ich sah plötzlich die Hexe vor mir — ja die Hexe im Märchen — hübsch, jung, wohlhabend und lebensfroh, und ich dachte daran, daß sie mich auf morgen abend zum Tee eingeladen, und daß ich dem Zaubermohr Signor Ceretto Wichselmeyer aus Bremen versprochen habe, zu kommen.

Eine ziemliche Zeit saßen wir einander nun stumm gegenüber, die alte Frau und ich, und horchten den keuchenden Atemzügen des Verwundeten. Dann flüsterte die Greisin:

»Und den Kunemund versteh' ich doch nicht. Jetzt müßte er doch Ihren Brief längst erhalten haben.«

Ich konnte nur die Achseln zucken:

»Man weiß eben nie, was anderen Leuten passierte, während

das Schicksal einem selber in das Nackenhaar griff. Wenn der Meister morgen nicht kommt, werde ich zu ihm gehen.«

»Oh, Herr, wenn Sie das tun wollten!« rief die Alte. »Sie verdienten sich einen Gotteslohn an uns. Wenn einer dem armen Karl noch ein gutes Wort sagen könnte, so ist das der Autor Kunemund. Nach uns Weibern hat der Junge von keinem Menschen soviel in seiner Abwesenheit gesprochen, als von dem Kunemund. Sehen Sie, es ist so gut von Ihnen, daß Sie doch ganz von selber darauf gekommen sind, — von meiner Seite wäre es zu unverschämt gewesen, Sie darum anzugehen.«

Ich wies diese gute Meinung natürlich mit Wort und Gestus weit von mir.

»Dick mit Regen! wenn es gegen Abend nicht abklart, kriegen wir eine harte
Sturmböe dicht vor dem Ankerplatz; — werden uns dem Hafenmeister mit allen
Segeln in Fetzen präsentieren!« rief der Steuermann, und die Alte mit dem
Schürzenzipfel wieder vor den strömenden blauen Wunderaugen flüsterte:

»Da spricht er wieder von mir! O Gott, zu solchem Elend so alt werden zu müssen!«

Ich ging bald, und saß den Abend noch eine Stunde im Theater und sah den geharnischten Geist des alten Dänemark über die Bretter schreiten, hörte das: Sein oder Nichtsein — sah die Komödie in der Komödie, aber sie spielten und sprachen alle mit falschem Pathos und verrenkten Gliedmaßen, und die ganze Geschichte kam mir entsetzlich einfältig vor. Wer hebt die Gärten, die uns versinken, wieder herauf aus der Tiefe? —

Zwanzigstes Kapitel.

Also die Hexe — die Hexe im Märchen, die junge schöne Witwe eines wahrlich nicht sehr jung gestorbenen Ogers oder kleinstaatlich juristischen Menschenfressers freute sich auf mein Kommen!? Sie, die den Vetter Vollrad herbeschieden hatte, um ihren letzten Fang, das dumme Gänschen Trudchen Tofote und die Erbschaft Mynheers van Kunemund zu heiraten.

Der Mohr hatte es gesagt, und mir träumten in der Nacht, die diesem Teeabende voraufging, fast ebenso sonderbare Dinge wie dem Steuermann Schaake in seinem Wundfieber; ich werde mich aber wohl hüten, das, was ich sah, hörte und sagte, hier der Welt kundzumachen. Als die Hexe noch eine Jungfrau war, kaum aus dem Backfischalter herausgewachsen, war sie mir schon einmal quer über den Weg gelaufen; und gute Gesellen, treue Kameraden, die sie damals bereits besser kannten, als ich heute, hatten mich natürlich weniger vor ihr gewarnt, als ihren Spaß an der Verzückung gehabt, in welche sie mich versetzte.

Und neulich hatte sie ebenso selbstverständlich nicht das mindeste von mir gewußt, hatte sich meinen Namen nennen lassen, und nur durch eine dem ganzen übrigen Universo unverständliche Fächerbewegung merken lassen, daß — sie mich sehr wohl kenne, daß ich ein guter alter Bekannter von ihr sei.

Die schöne Sonne des neuen Sommertags war wiederum untergegangen, und ich
verfügte mich nach der Höhle der Hexe, die natürlich nicht in der Mitte des
Zauberwaldes der alten Stadt gelegen war, sondern in ihrem modernsten

Quartiere.

Ich hatte aber die alte Stadt zu durchschreiten, und da mich mein Weg an dem Cyriacushofe vorüberführte, so trat ich auch jetzt ein, um wenigstens an der Tür Erkundigung über den Kranken einzuholen. Ich traf den Wundarzt an der Tür, und er strich auf meine Frage glatt vor sich hin durch die Luft, was soviel heißen sollte, als: O, er ist auf gutem Wege, unter den irdischen Behörden kennen wir vom Fach keine, die ihn aufhalten könnte; der Stadtphysikus ist ganz meiner Meinung.

Dabei fühlte der Mann nach seinem Handwerkszeug in der Brusttasche und ging: ich aber hörte von der Tür — wie gesagt — aus, wie der Steuermann mit klarer Stimme rief:

»Da haben wir die rote Tonne!« und dann den Lotsengruß:

»Willkommen in See!«

Ich wich zurück, ohne die Base Schaake begrüßt zu haben; ich traute mir nicht recht, ihr in meinem Gesellschaftsanzuge die Hand zu geben. Ich kann nicht sagen, ob ich mich richtig und verständlich ausdrücke; aber die Sorgfalt, die ich auf meine Toilette verwendet hatte, hinderte mich: ich kam mir zu gleicher Zeit abgeschmackt und allzu begräbnismäßig frisiert vor. In ziemlich unbehaglicher Stimmung rief ich eine Droschke an und fuhr weiter, von nun an mich ein wenig mehr mit der Tochter des Försters Arend Tofote als mit der Frau Christine von Wittum beschäftigend — wenigstens bis zum Anhalten des Wagens und während des ersten Teiles des Abends.

Es sahen mir sehr hell erleuchtete Fenster in der Abenddämmerung entgegen, und das erhob auch meine Lebensgeister wieder etwas; da jede veränderte Dekoration

127

und vor allem eine ins Freundliche und Helle veränderte Bühnenbekleidung in Verbindung mit Zeit- und Ortswechsel auf das vergrillteste Gemüt Wunder zu wirken vermag, — was ich übrigens hier durchaus als keine ganz neue Erfahrung vorführe.

Auf dem Balkon stand eine hellgekleidete Dame, die jedoch zurückwich, als ich aus dem Wagen stieg. Auf der Treppe wurde ich von meinem alten schwarzen Freunde begrüßt.

»Da sind Sie also! Na, dann gehen Sie nur hinein; Sie kommen früh, und das ist recht hübsch von Ihnen. Das Kind finden Sie in einer merkwürdig weichen Stimmung; aber die andere in ihrer richtigen Laune.«

Er war mir voran gewatschelt, hatte mir die Tür geöffnet, und nach einem Augenblick stand ich abermals vor der Tochter des Försters Tofote in einem ziemlich geräumigen, glänzenden, von einer Gaskrone tageshelle erleuchteten Gemache. Ganz reizend sah das junge Mädchen in ihrer bunten, blendenden, aber durch das verschiedenartige Grün vieler kunstvoll zusammengestellter künstlicher Gärtnergewächse gesänftigten Umgebung aus, und einen Moment lang verstand ich einmal wieder den Meister Autor, der sie doch auch wohl in einer solchen Umgebung gesehen hatte, nicht mehr.

»Dieser Herr Vollrad von Wittum wär ein Urnarr, wenn er nicht bleiben würde,« sagte ich in der Tiefe meiner Seele, als das Fräulein mir entgegentrat, mir die Hand bot und sagte:

»Es ist sehr freundlich, daß Sie meine — unsere Einladung nicht ablehnten.«

»Haben Sie das glauben können, gnädiges Fräulein?«

Es war eine etwas heiße Hand, die sich in die meinige legte, und das Kind sah ein wenig angegriffen aus; auch ein etwas unbehagliches Zucken spielte durch das Lächeln, in welchem Gertrude meinte:

»Man hat jetzt so wenig Zeit. Jedermann ist so sehr beschäftigt — so sehr in Anspruch genommen. Nur wir — haben immer Zeit.«

»Wer wir, mein Fräulein?«

»Ich!« sagte das Waldfräulein. »Ich habe Zeit — o, ich habe viele Zeit!«

»In diesem bunten Dasein?«

»Ja, in diesem bunten Dasein. Wollen wir uns nicht setzen? wir sind noch allein, — die übrigen Herrschaften, welche die Freundin lud —«

Die Elfe vollendete ihren Satz nicht, und wir setzten uns, und zwar in einen weich ausgepolsterten Winkel eines zierlichen Nebengemaches, das nur durch eine einzige aus einem Lilienkelche züngelnde Flamme erhellt wurde. Da fand ich denn bald im Laufe des Gespräches, daß sie beide lebten wie sie mußten — der Meister Autor Kunemund sowohl wie Gertrud Tofote, und daß der Garten versunken war, wie die Gärten eben versinken; der Garten Mynheers van Kunemund ganz beiseite gelassen. —

Wir unterhielten uns über dieses und jenes, und da das Trudchen schon seit längerer Zeit daran gewöhnt war, von den Herren unterhalten zu werden, so tat auch ich das Meinige, leider jedoch ohne sie zu dem gewöhnlichen Gesellschaftslächeln bringen zu können. Ich erzählte von meinem Briefe an den Oheim Autor, und wie es uns so sonderbar erscheinen müsse, daß wir bis jetzt noch keine Antwort darauf erhielten. Ich berichtete, daß ich nunmehr morgen selber zu dem Meister fahren werde, um mich persönlich nach den Gründen seines sonderbaren Betragens zu erkundigen, und die Elfe sagte:

»Er hat vielleicht wieder etwas übelgenommen!«

»Den angenehmen Zug kenne ich noch gar nicht an ihm,« erwiderte ich hierauf. »Nimmt der gute Mann wirklich so leicht irgend etwas übel, Fräulein?«

»O — nein,« stotterte die Waldelfe, »andern Leuten nicht; aber — aber mir. Er weiß sich so schwer in die selbstverständlichsten Dinge zu finden, und wenn das auch nicht ganz seine Schuld ist, so kann ich doch auch nicht einzig und allein dafür. O Gott, ich wollte gleichfalls, es wäre manches anders in der Welt!«

»Wer wünschte das nicht, mein Fräulein?« rief ich höflich, und dann wurden wir sehr philosophisch und trugen uns einander die tiefsten Wahrheiten, die urälteste Kinderweisheit der Welt in den urältesten Fassungen, Redewendungen und Sprichwörtern vor, bis uns auf einmal aller fester Boden unter den Füßen weg und abhanden gekommen war, und wir die See — den Himmel und das Wasser um uns hatten, wie der Steuermann Karl Schaake in seinen Fieberphantasien.

»Ja, es war ein guter Junge, und ich hatte ihn sehr gern!« flüsterte Trudchen Tofote. »Er war zu Hause mein bester Spielkamerad, und er tut mir so leid, so sehr leid! Wäre ich auch ein Junge gewesen, so hätte ich mit ihm aufs Schiff gehen können; aber wir machen uns ja nicht selber, und jetzt bin ich in einem eben solchen Wirbel, wie er, wenn er von einem seiner schlimmsten Wirbelwinde und Stürme erzählte, wenn er nachher vom Schiffe einmal wieder zu uns nach Hause in den Wald kam.«

Es kam mir vor, als spüre ich einen Hauch aus dem Walde im Gesicht und auf der Brust. Die Frau Christine würde die Ausdrucksweise ihrer jungen Schutzbefohlenen wahrscheinlich nicht ganz haben gelten lassen; aber ich entnahm daraus einige Erfrischung, indem ich mir jetzt mit einem schwülen Seufzer sagte:

»Ja, was kann denn das Kind eigentlich dafür? Wer will denn grade von diesem kleinen Mädchen verlangen, daß es das Universum über den Haufen werfe, indem es ein Glied in der Kette seiner Entwicklung überspringe?«

Wir sprachen nun davon, wie liebenswürdig und gutmütig die Frau Christine von Wittum sei, und was alles das Trudchen ihr zu verdanken habe; von dem Vetter Vollrad sprachen wir freilich nicht. So tief waren wir in unserm Schlupfwinkelchen nach und nach in unser Gespräch hineingeraten, daß wir gar nicht gemerkt hatten, wie sich die Gemächer jenseits des purpurnen Türvorhanges allmählich mit den übrigen Gästen gefüllt hatten, und daß unter denselben der Vetter wahrscheinlich auch bereits wieder gegenwärtig war.

Wir sollten aber jetzt darauf aufmerksam gemacht werden; denn eben hatte ich gesagt: »Aber mein Fräulein — mein liebes Kind, weinen Sie doch nicht! ich bitte Sie dringend, weinen Sie doch nicht so sehr!« als der rote Vorhang plötzlich zurückgeschoben wurde, die schöne, schlimme, lustige Hexe — die gnädige Frau in einer Flut von blendendem Licht, begleitet von dem lustigsten Stimmengewirr, auf der Schwelle erschien und fröhlich rief:

»Ich habe es wahrhaftig lange genug ertragen, aber jetzt ist meine Geduld zu Ende, und ich ertrage es nicht länger. Ich habe euch Zeit gelassen, euch gegeneinander auszusprechen, doch jetzt beanspruche auch ich mein Recht. Ja, mein Herr, wir wollen auch unser Recht haben, — wir!«

Ich war mit einer Verneigung aufgesprungen, und sie, die Hexe, lachte und sah wundervoll aus in ihrer üppigen, reifen Schönheit. Das bleiche, nachdenkliche Liebchen, das bis jetzt neben mir gesessen hatte, hatte aber das Taschentuch auf das Gesicht gedrückt und war hastig durch eine Seitenpforte entschlüpft. Was blieb mir übrig, als der Frau Christine den Arm zu bieten und mit ihr in den mit fast sämtlichen geladenen Gästen angefüllten Salon zu treten? Es war ein in seiner Raschheit etwas peinlicher Übergang aus der Dämmerung in die glänzendste Helle; aber es war doch ein Vergnügen — ein gar nicht zu verachtender Genuß.

»Es ist zu drollig,« lachte die Hexe, »da sitzen sie wie ein Liebenspaar, diese zwei Menschen, zwischen denen ein Ozean von Langeweile fließt! Was haben Sie denn eigentlich miteinander gemein, Sie und mein Töchterchen? Etwa die nämliche Anlage zum kläglichen oder verlegenen Anstarren des Lebens? Ja, ja, wir andern harmlosen Wesen treiben uns um, wie wir können, und nehmen jedes Ding und jegliche Bedeutung der Dinge, wie sich das augenblicklich geben will; aber diese beiden behandeln jeden Stuhl, Blumentopf, Glockenzug und Bedienten symbolisch und knüpfen eine Parabel daran, selbst auf die Gefahr hin, sich nachher selber aufzuhängen; — o, ich kenne das. Nicht wahr, mein melancholischer tiefsinniger Ritter, es war die höchste Zeit, daß wenigstens für diesen Abend eine verständige Frau dem Trübsal ein Ende machte?«

Wenn ich das rechte Wort zur Hand gehabt hätte, würde ich es nur zu gern hingegeben haben, — aber sie hatte recht, die Hexe — in diesem Moment gaffte ich in der Tat die Welt in einiger Verlegenheit an, und so verbeugte ich mich wiederum mit einem freundlich zustimmenden Lächeln, bot der Dame den Arm, und wir traten in das Gesellschaftszimmer.

Darin war es recht lebendig, und wenn man eben noch nichts zu sagen gewußt hatte, so konnte man wirklich sich um so mehr darüber verwundern, wieviel doch Tag für Tag auf Erden vorging, worüber sich reden ließ. Selbst diejenigen, welche sich gleichfalls stumm verhielten, hielten den Mund nur in der festen Überzeugung, daß sie sich nur deshalb still langweilten, weil sie eben noch Mehreres und Wichtigeres als die übrigen Herrschaften erlebt und tiefer darüber nachzudenken hätten.

Ach, die Frau Christine von Wittum war eine ausgezeichnete Wirtin, sie wußte es so ziemlich allen ihren Gästen behaglich zu machen, und mir machte sie es sogar gemütlich. Gertrud Tofote blieb verschwunden; aber Herr Vollrad von Wittum war vorhanden, und erwies sich als gar kein übler Mensch, — wenigstens was die Hauptsachen, das Gemüt und das Herz anbetraf. Seinen Geist nahm die Hexe klugerweise selber durchaus nicht in Schutz.

»Was wollen Sie?« sagte sie. »Kann er denn etwas dafür, daß er noch nicht
Geheimer Rat ist und es wahrscheinlich auch nie wird?«

Dagegen ließ sich wiederum nicht das geringste einwenden, doch diesmal mußte ich bereits laut und herzlich lachen; und die Hexe, die schöne, ebenfalls lachende Hexe meinte:

»Sehen Sie, ich habe es gewußt, daß es Ihnen endlich bei mir gefallen würde! =Duc ad me! Duc ad me! Duc ad me!= Sie wissen doch, daß das eine griechische Beschwörung ist, um Narren in einen Kreis zu bannen? Seinerzeit gebrauchte sie der melancholische Jacques gegen die Herren des vertriebenen Herzogs im Ardennenwalde mit Erfolg, heute benutze ich sie. Wissen Sie, Herr von Schmidt, der Zauber ist eben unter uns Frauen leise von Mund zu Munde gegeben worden, und so bis auf den heutigen Tag und diese Minute gekommen: =Duc ad me!=«

Wenn ich das nicht gewußt hatte, so mußte es mir jetzt ganz und gar klar werden. Und sie spann ihre Gespinste schnell, schnellstens weiter — die golddurchwebten Purpurfäden, die sich um die Seele legen, leise, unmerklich, einer nach dem andern, bis die arme =animula=, die =vagula=, =blandula= kein Glied mehr regen kann, die prächtige Blutsaugerin nach Muße und Appetit das Ding aussaugen mag, um nach Belieben die leere Hülse im Busch und Gewebe hängen zu lassen, daß eine neue Schmetterlingsgeneration in einem neuen Frühlinge sich über sie verwundere und lache.

Von Zeit zu Zeit ging der Schwarze, der vor so manchem Meßraritätenzelt in die Trompete gestoßen oder durch das Sprachrohr gebrüllt hatte, durch den Saal, oder schielte um eine Ecke oder hinter einem Vorhang hervor. Er grinste jedesmal, wenn mein Auge das seine traf, und ich vermied das zuletzt soviel als möglich. Da wendete er denn ein ander Mittel an, und als die gnädige Frau sich wieder einmal in einer andern Ecke des Gemaches sehr liebenswürdig zeigte, brachte er einen Präsentierteller mit irgendeinem angenehmen Getränke und flüsterte mir dabei zu:

»Nun? haben Sie es ihr gesagt?«

»Ich glaube wohl,« murmelte ich, eines der Gläser nehmend, um es ihm »symbolisch« an den schwarzweißen Wollkopf zu werfen.

»Haben Sie es beiden gesagt?«

»Nun, eine von ihnen hat es mehr mir gesagt!« murmelte

ich weiter, »und —«

»Sehen Sie wohl! Was habe *ich* Ihnen gesagt?« flüsterte
Signor Ceretto entzückt über seine geistige Begabung und
scharfsinnige Lebensauffassung, während ich lächelnd mich
immer heftiger über die Impertinenz des schwarzen Gesellen
ärgerte, der doch nur ein einfacher, zum Bedienten
avancierter Meßfratz war und sich doch herausnahm, mich,
seine Herrin, seine beiden schönen weißen Herrinnen —
uns alle zu übersehen.

Da sich Gertrud noch immer nicht wieder blicken ließ, so
mischte ich mich nunmehr auch mehr in das Kreisen der
Gesellschaft, begrüßte und unterhielt mich aufs
freundlichste mit Herrn Vollrad von Wittum, und erlebte
noch etwas höchst Sonderbares.

Man unterhielt sich natürlich über mancherlei; außer den
Tagesneuigkeiten wurden Politik, Wissenschaft und Kunst
herangezogen und manchesmal sogar an den Haaren.
Vorzüglich hielt ein ältlicher, behäbiger Herr stets einen
Kreis von Zuhörern und Interlokutoren in gespannter
Aufmerksamkeit um sich fest, und auch ich trat zu diesem
Kreise, nachdem mir eben die Frau Christine zugerufen
hatte:

»Ich muß mich doch wohl einmal nach meinem Kinde
umschauen. Sie scheinen ihr böse Dinge gesagt und ihr die
Stimmung recht gründlich verdorben zu haben, mein
Herr.«

Ich hatte die Achseln gezuckt, und sie war entrauscht; aus
der Mitte des
Ringes aber, der sich um jenen Herrn gebildet hatte, rief
Herr Vollrad von
Wittum:

»Das ist in der Tat außerordentlich interessant!« —

Was war interessant? Mir alles, was dem Herrn Vollrad
außerordentlich und außergewöhnlich erschien, und so sah
ich denn ebenfalls, einer wohlbeleibten Dame über die
Schulter blickend, meinerseits das an, was eben unter den
Damen von Hand zu Hand ging, und unterdrückte mit
Mühe einen hellen Ausruf des heftigsten Erstaunens:

»Der Stein der Abnahme!«

Bei allen Göttern und Göttinnen, Geistern und Geistinnen
der Unterwelt und des Zwischenreiches, da war es wieder,
dieses geheimnisvolle Amulet, das einst der Leichtmatrose
Karl Schaake im Hause Mynheers van Kunemund in der
Hand gehalten, mir gedeutet und auf meinen Rat und meine
Verantwortung aus dem Fenster ins Wasser geworfen hatte!
Da war es wieder, und mir war's, als gehe ein unheimlich
fahler Schein von ihm aus; und sein jetziger Besitzer nannte
es, wie Herr Vollrad von Wittum: ungemein interessant und
seinen Fundort fast noch interessanter, und das war er
auch, das letztere freilich mehr für den augenblicklichen
Inhaber.

»Dieser Gegenstand, meine Herrschaften, ist kürzlich, das
heißt vor einigen
Jahren beim Bau einer neuen Straße unserer Stadt in einem
trockengelegten
Wassertümpel gefunden worden,« erzählte der glückliche
Besitzer und
Sachverständige, »und mir in mehr als einer Beziehung
ungemein wichtig.
Erstens wie kommt dieses seltene Artefakt gerade dorthin —
an diesen
seinen jetzigen Fundort?«

Die Damen wußten es nicht, die Herren auch nicht, gaben sich jedoch die Mühe, nachdenklich auszusehen; was mich anbetraf, so hielt ich mich selbstverständlich ruhig und ließ die Gesellschaft raten.

»Es bezeugt unbedingt, wie so manches andere, den weitesten Weltverkehr unseres Gemeinwesens im Mittelalter,« sprach triumphierend bescheiden der archäologische Sachverständige. »Aus den Händen hanseatischer Schiffer ist es jedenfalls einmal in den Besitz und die Sammlung irgendeines kunstsinnigen Patriziers der Stadt übergegangen, und —«

»Dem einmal gestohlen, oder aus dem Fenster in den Teich gefallen,« meinte
Herr Vollrad von Wittum.

»Wahrscheinlich,« erwiderte der Besitzer etwas trocken, »lassen wir das doch dahingestellt sein; denn zweitens ist der Gegenstand auch schon an und für sich sehr merkwürdig. Die Hand, welche diesen Stein modellierte, stellte das Produkt unbedingt nicht als ein Objekt des Handels oder Tausches her, sondern —«

»Sondern?« rief ich im höchsten Grade auf die Erklärung gespannt.

»Sondern wir haben es hier mit einem sozusagen streng hieratisch-domestikalen Amulet — arabisch =hamala= — zu tun.«

»Was Sie sagen?!« rief ich unwillkürlich über die Schulter der noch immer vor mir stehenden und sich gleichfalls wundernden Dame.

»Gewiß, mein Bester! Es ist ein streng domestikal-hieratischer Zauber — ein glückbringender Zauber, den die

137

Braut dem Bräutigam am Polterabend — auch dort und damals kannte und kennt man den Polterabend, meine Damen — in die Tasche schiebt, und den der Ehemann nachher bei Tage und bei Nacht unter seinem Kopfkissen verwahrt, oder in gefahrdrohenden Zeiten im verstecktesten Winkel seines Hauses — seiner Bambushütte. Sie nennen das den Apfel des Glückes, und ich jedenfalls bin glücklich, ihn in meinen Besitz gebracht zu haben, meine Herrschaften.«

»Und bitte, Herr Professor,« fragte die vor mir stehende Dame lächelnd, »da Sie ja auch verheiratet sind, so werden Sie diesen eigentümlichen Zauber jetzt wahrscheinlich auch in Ihrem eigenen Hauswesen benutzen, — nicht wahr? Wie geht es denn unserer guten Charlotte? ich habe mich den ganzen Abend vergeblich nach ihr umgesehen.«

»Abhaltung, meine Gnädige — eine sehr große Wäsche, und sonstiger mannigfaltiger häuslicher Verdruß,« stotterte der Gelehrte, und jetzt lächelte der ganze Kreis, und trotz allem konnte ich nicht umhin, mit zu lächeln.

»Mein verehrter Herr,« wendete sich Herr Vollrad an den Besitzer des Apfels des Glückes. »Sie legen einen großen Wert auf dieses geheimnisvolle Amulet und das mit vollem Rechte, aber wenn Sie ahnen könnten, welchen Wert ich unter Umständen darauf legen könnte, so würden Sie gewiß nicht anstehen, mir es abzulassen oder auszutauschen. Sie wissen, daß ich als Erbe eines verrückten, gleichfalls archäologischen Onkels in den Besitz einer Kollektion von Intaglien gekom —«

»Ich weiß das freilich, aber ich muß in diesem Falle doch herzlich und freundlich danken,« erwiderte der würdige Inhaber des Apfels des Glücks ein wenig sehr verdrießlich und sich dabei hastig nach der Hand umsehend, in welcher sich sein Schatz augenblicklich befand. Die gutmütige, behagliche Dame, die sich soeben so teilnehmend nach dem Befinden und Verbleiben der Frau Professorin erkundigte, hatte das Ding, ohne es viel zu betrachten, mir gereicht, und ich hielt es und besah es von neuem sehr genau. In demselben Augenblick schritt die Hexe wiederum durch den Saal, trat in einiger Aufregung an mich heran und flüsterte mit hastig-energischer Betonung:

»Es ist eigentümlich, und ich verstehe das nicht recht, so viele Mühe ich mir geben mag. Sie ist nirgends zu finden, und der Bediente sagt, man habe ihr ein Billett gebracht, worüber sie heftig erschrocken sei, und dann habe sie in großer Bewegung mit dem Neger, dem Ceretto, hin und her verhandelt, und in seiner Begleitung das Haus verlassen! Wie weit fühlen Sie sich für diese Vorgänge mir verantwortlich, mein Herr?«

Einundzwanzigstes Kapitel.

Ich gab rasch den Apfel des Glückes zurück in die Hand des Professors, der ihn schnell, zärtlich und vorsichtig wieder in seine Hülle von Seidenpapier einwickelte und in der Brusttasche seines Frackes barg. Der würdige gelehrte Herr hatte uns seinen Vortrag gehalten, wußte ganz genau, was das Ding bedeute, und mochte also die Folgen seines Besitzes tragen.

»Sie haben die Hand in alledem! leugnen Sie es nicht!« flüsterte mir die schöne Hexe scharf zwischen den Zähnen durch ins Ohr, und ich hatte mich zu sammeln, ehe ich imstande war, es unter nachdrücklichstem Kopfschütteln in der Tat zu leugnen.

»Dann begreife ich nichts davon!« rief die Frau Christine. »Aber wenn ich nicht dieses dumme Volk, das ich mir jetzt zu meinem Verdruß auf den Hals geladen habe, anzulächeln und zu unterhalten hätte, so wüßte ich wohl, was ich tun würde.«

»Und was würden Sie tun, Gnädigste?«

»Ich würde einen Mondscheinspaziergang wie die alberne Dirne, das Trudchen, die Gertrud machen, und — Sie zur Begleitung mit mir nehmen.«

»Ach! würden Sie?… Ja, aber beste Frau, dann bitte ich doch meinerseits um Aufschluß über das Verschwinden unserer kleinen Freundin. Gnädigste, Sie wissen es, wohin das Kind gegangen ist, seinerseits meinen Freund, Ihren Mohren Ceretto, als Begleiter mit sich führend.«

»Wohin Sie es doch geschickt haben!« zischelte die Hexe böse, wendete sich, trat zum Professor und bat lieblichst lächelnd:

»Teurer Freund, was habe ich versäumen müssen? Ist es gar nicht möglich, daß ich es noch nachhole? O bitte, bitte, jetzt lassen Sie mich doch auch betrachten, was Sie vorhin den Herrschaften zeigten. Wahrhaftig, Doktorchen, ein Kreis, der Sie nicht in sich schließt, entbehrt seiner besten Zierde, wie ein Kranz, in dem die Rose fehlt.«

Es war ein Glück, daß »unsere gute Charlotte«, durch ihre große Wäsche im Hause festgehalten, das wonnige Lächeln nicht sah, mit welchem der Gelehrte sich vor seiner schönen Wirtin neigte, das selige Behagen, mit welchem er seinen hieratischen Glücksapfel von neuem aus der Fracktasche und dem Seidenpapier hervorholte. Ich aber verlor mich aus dem zierlichen Getümmel, nachdem ich mich möglichst in demselben verloren hatte. Ich machte den Mondscheingang, den die wundervolle Hexe leider oder auch vielleicht glücklicherweise anzutreten nicht imstande war — weil — sie ihre Gäste anzulächeln hatte. —

Er war den Gaskronen und den aus Glaslilienkelchen leuchtenden Flammen zum Trotz aufgegangen, der Mond, der deutsche Mond, und schien voll und rund auf die Dächer und in die Gassen der alten Stadt, sowie auf ihre neuen, modernen Teile. Daß das Haus der Hexe in der allermodernsten Vorstadt lag, verstand sich von selber, und jetzo lag es auch hell im hellsten Mondenschein, oder wenn man will, romantisierten Sonnenschein: es mußte ein ausgezeichnet verständiger, klarer Tag auf dem Monde herrschen und das Wetter dort himmlisch vernünftig sein. Die andere Seite der »Promenadenstraße« lag natürlich tief im Schatten, und ich trat schnell in diesen Schatten hinein, sah auf die roten Fenstervorhänge in der Höhe, schüttelte den Kopf und seufzte:

»Und es ist doch eines der herrlichsten Weiber, welches je einen Ballsaal verzaubert, einen alten Ehemann begraben und einen vernünftigen Menschen in den besten Jahren gründlich um seine Kaltblütigkeit und alle ruhige Überlegung gebracht hat!« Ich hätte beinahe hinzugesetzt »unglücklich gemacht hat«, erfaßte jedoch glücklicherweise im letzten Augenblick noch einen Binsenhalm und versank wenigstens nicht in diesen Abgrund der Lächerlichkeit, entfernte mich jedoch mit den weitesten Schritten eilig von seinem Rande.

Ich lief durch das Gebüsch und um die Blumenbeete der städtischen Anlagen bis dahin, wo sich die begleitenden Häuserreihen dem Bahnhofe zu erstrecken.

Es war noch ein später Zug angelangt. Gasthofswagen und

Droschken rollten an mir vorbei; Reisende in Gruppen oder einzeln wanderten mit ihrem Gepäck, ohne solches, oder in Begleitung von Packträgern in die Stadt hinein. Die Nacht schien von Minute zu Minute lieblicher werden zu wollen, und um das letzte Rasenrund und Blumenbeet am Eingange der eigentlichen Straßen biegend, traf ich auf den letzten Reisenden, der in der soeben geschilderten Weise mit der Eisenbahn gekommen war und dem Weichbilde zuwanderte, nämlich auf den Meister Autor Kunemund.

Er sah mich natürlich nicht. Er wollte hastig an mir vorüber. Er schien es jetzt sehr eilig zu haben, er, der uns so lange auf eine Antwort hatte warten lassen, und selbstverständlich packte ich ihn sofort fest am Oberarm und hielt ihn auf.

»Alle Hagel! was soll — was ist — ja, Herr, sind Sie denn das?« rief er anfangs erschreckt und zornig und dann um so freudiger. »Sind Sie es wirklich? O, ich kann Ihnen gar nicht ausdrücken, was für ein Segen das für mich ist, daß ich Ihnen hier so gleich zum Anfang in die Arme renne. Das nenne ich wahrhaftig eine Schickung.«

Vor allen Dingen hatte er hastig meine Hände gefaßt und schüttelte sie kräftig.

»Wer schickt Sie denn, Meister? Meiner Meinung nach haben wir Sie doch kläglich genug gerufen! Kommen Sie nicht auf den Hülfeschrei in meinem Briefe?«

»Ein Brief? Von Ihnen? Einen Brief von Ihnen habe ich nicht gekriegt — wenn Sie mir wirklich geschrieben haben, wird er wohl noch beim Vorsteher liegen — das macht sich öfters so bei uns. Ich bin erst heute mittag mit der Alten zu Hause angekommen! Herr, ich habe die Alte mir holen müssen, und das ist wieder eine Geschichte für sich! Sie sollen sie beiläufig auch ins einzelne hören — ich sage Ihnen, ich habe Tage erlebt und Komödien an meinem eigenen Leibe durchgemacht, wie das in keinem Buche steht. Sie saß richtig schon vor dem Dorfe auf dem Anger, ihr Gerümpel um sie her; und eine Woche von meinem Dasein hat's mich gekostet, um ihr zu ihren Rechten und aber auch von drei Dutzend Injurienprozessen zu helfen. Jetzt habe ich sie denn endlich glücklich bei mir unter Dach, und wenn Sie mir wieder einmal die Ehre schenken wollen, mich zu besuchen, so — doch, Herr, von alledem später, mir wirrt der Kopf und gellen die Ohren, daß es gar nicht zu sagen ist. — Was passiert hier? was ist es, das mich hierher gerufen hat, daß ich hätte kommen müssen, und wenn ich der alte Fritz an der Spitze seiner ganzen Armee gewesen wäre und nicht gewollt hätte?! Herr, wer rief hier um Hülfe? wer ist tot, oder wer will sterben?«

Mich überlief es weder heiß noch kalt, doch ich sah in dem bleichen Lichte über die Schulter und dann empor und fühlte den leisen, schönen Nachtwind mehr auf der Stirn und im Haar.

»Sind *die* geheimnisvollen Hände immer noch an ihrem Werke? Nun, dann mögen wir guten Leute mit unserm Erdentage anfangen, was wir wollen: es bleibt doch beim alten und die Welt ein großes Wunder!... Mein alter, teurer Freund, seit jenem Tage, an welchem wir vor Ihrem Dorfe am Hohlwege zusammentrafen, kämpft jemand, von dem wir damals auch sprachen, einen schweren Kampf, und es geht ihm sehr — sehr schlecht.«

»Wer? wer?«

»Der gute Steuermann Karl, dem alle blinden Klippen und wilden Stürme nichts anzuhaben vermochten. Bei jenem Eisenbahnunglück sind ihm die Füße zerschmettert worden,

143

und er liegt hier in der Stadt bei der Base Schaake, und um seinetwillen habe ich Ihnen geschrieben.«

»Also das war es!« sagte der Meister Autor leise. »Ihren Brief habe ich, wie gesagt, nicht erhalten, aber man hat mich heute nach dem Mittagessen gerufen. Ja, dann ist's der Karl, der stirbt und der rief; — o ich habe eine unbeschreibliche Angst gehabt, daß unserm Trudchen etwas Schlimmes passiert sei.«

Wir gingen jetzt rasch vorwärts durch die Straßen der Stadt.

»Wer — was hat Sie nach dem Essen gerufen?« fragte ich, den Alten im Gehen stützend.

»Sie werden ja wohl nicht lachen, aber auch das würde mich nicht verhindern, Ihnen das Ding zu erzählen,« sagte Herr Kunemund. »Lächerlich genug ist's auch im Grunde, wenn sich gleich der Ernst schlimm genug dran hängt! Sehen Sie, die Alte spielte natürlich ihre Rolle dabei; denn die werde ich jetzt mal wieder aus nichts mehr los. Wir waren eingerückt, und sie hatte Besitz von meinem Topfe und meiner Pfanne genommen, und ich merkte gleich, daß nun wieder alles beim alten sein werde; denn da schon ging es an, und nichts war ihr recht, und so brachte sie denn ihre erste Suppe wieder auf den Tisch, und da sie zum ersten Anfang ihre Sache recht gut hatte machen wollen, so war die Geschichte nicht allein versalzen, sondern auch recht sehr angebrannt, und ich gestattete mir die erste Bemerkung wieder darüber. Da ging die Unruhe an!«

»Aber das trieb Sie doch nicht dreiviertel Stunden Weges über das Feld zur
Eisenbahnstation und mit dem Nachtzuge hierher?«

144

»Nein; aber im Anfang schob ich es doch darauf; denn, Herr, ich war in großen Sorgen, und mein Leben kam mir wieder einmal recht verdreht vor. In der Stube hielt ich es nicht aus, — suchte also meinen Mittagsschlaf im Grasgarten unterm Baum abzutun; aber da wurde es nur schlimmer als arg. Ich war grimmig über mich, über die Alte, über meine Bauern in meinem Dorfe und über ihre in ihrem; ich hielt es nämlich zuerst für Ingrimm, bis ich herauskriegte, daß es Angst war — ich sage Ihnen — Angst, Herr Bergschreiber! Ja was denn? fragte ich mich. Ein Gewitter steckt nicht in der Luft, das Unwetter, was du jetzo wieder im Hause hast, hast du doch länger als zwanzig Jahre mit deinem Tofote ohne Schaden an Leib und Seele ertragen! Sehen Sie da — da — da war es, am hellen Tage, in der hellen Sonne, daß ich gerufen wurde! von hier gerufen wurde — und natürlich sagte ich mir mit dem kalten Schweiß auf der Stirn: Es ist das Kind, es ist unser Trudchen! auf das Kind ist ein Unglück gefallen. Herr, lieber Herr, und einen Gang wie meinen heutigen nach der Station, ein Warten wie das stundenlange Warten da und eine Fahrt wie meine jetzige, die hoffe ich nicht wieder durchmachen zu müssen.«

»Fassen Sie Mut, Meister. Wer weiß, was Ihr Kommen wenden soll? Wer weiß, wozu Sie — gerufen wurden? Nicht jedermann bekommt einen solchen Ruf, das schon allein kann Ihnen eine Bürgschaft sein, daß alles im richtigen Geleise sich befindet.«

»Da haben Sie vielleicht recht,« sagte der Meister Autor. »Seit ich den Fuß aus dem Wagen gesetzt habe, ist es mir auch wirklich besser und ganz wie gewöhnlich geworden. Seitdem die Alte über meinen ganz unschuldigen Spaß sofort wieder die Schürze an die Augen brachte und losheulte, als ob der Bock sie gestoßen habe, ist es mir durch den vollen Tag gewesen, als halte mich eine Hand hinten am Rockkragen gepackt, dränge mich gegen die Wand und wolle mich mit dem Kopfe zuerst durchstoßen. Dieser Karl, der arme gute Junge tut mir mit seinen blutigen Füßen, weiß es Gott, herzinnig leid, aber die Hand spüre ich nicht mehr im Genick; — wissen Sie, mit der See und dem Erdumfahren wird's aus und zu Ende sein; aber, was meinen Sie, er zieht zu mir — wir passen zueinander — haben aneinander einen Trost und eine Stütze gegen die Alte, und führen doch noch ein Leben, das sich tragen läßt!«

»Möge es so sein,« sprach ich in der Seele, doch nicht laut. Wir hatten jetzt die Altstadt wiederum erreicht und suchten unsern Weg durch die dunkelsten Gassen derselben, über ein Pflaster, welches noch nie der Mond mit seinen Strahlen hatte beleuchten können. Beizu erzählte ich dem Meister, daß ich mit seinem Kinde, der Gertrud Tofote am heutigen Abend auch bereits zusammengetroffen sei, und er erkundigte sich dringend und hastig nach dem Wie, Wo und unter welchen Umständen. Ich gab ihm alle nur mögliche und rätliche Auskunft, und dann rief er:

»Sie werden es unter den jetzigen traurigen Umständen für ein Unrecht halten, daß mir immer stiller zumute wird, lieber Herr; aber ich kann wahrhaftig nichts dafür. Zuletzt ist es doch immer nur einzig und allein das Kind, welches mir im Sinne liegt. Wenn ich das Kind in Sicherheit und Behaglichkeit weiß, ist mir alles übrige nur wie ein Unwetter, das man unter einem Busch am Wege abwartet.«

Nun hätte ich dem alten Herrn um keinen Preis jetzt andeuten mögen, daß das »Kind« sich recht unbehaglich gefühlt habe, als ich vor einigen Stunden mit ihm zusammengekommen war. Ich sagte ihm auch nicht, wie man dann nach ihr gesucht habe: vielleicht hatte er selber

146

noch in dieser Nacht Gelegenheit, sie zu sehen, und mußte sie selber ihm mitteilen, wie es ihr ums Herz war. Hier war wahrlich Magie! ich sah das Erdenleben, wie ein Taucher das Sonnenlicht in der Tiefe des Meeres schwebend sieht, und wie paßte der greise Zaubermeister aus dem Elmwalde in die Beleuchtung und in die sonderbare Nacht überhaupt! Nachdem er seine innerste Herzensmeinung kundgemacht hatte, hatte er auch für den kranken Steuermann das höchste Interesse übrig; — er jammerte heftig um ihn und fragte bis auf die kleinsten Einzelheiten nach allen ihn betreffenden Vorgängen der letzten Tage. Auch die Base erhielt ihr Teil Teilnahme aus seinem guten Gemüte:

»Hätt' ich ihr das dadurch ersparen können, daß ich's auf mich genommen hätte, so würde ich mich nicht besonnen haben. Aber so ist es, sie wird expreß dazu hingesetzt sein, um dies Elend abzuwarten und den Jungen auf ihrem Bette zu pflegen. Unsereiner meint immer, daß er um seinetwillen da sei, doch das ist nicht so — es ist wahrhaftig nicht an dem, man muß aber alt werden, um es auszukundschaften. Zum Exempel, was sollte jetzt aus der Alten (und da meine ich natürlich nicht den Hafenmeister) werden, wenn ich nicht länger als siebenzig Jahre meinen Charakter darauf hingezogen hätte, mir die Suppe versalzen und die gute Laune — nicht verderben zu lassen?«

Da ich auf diesen Humor augenblicklich doch nicht recht eingehen konnte und nur durch ein etwas dämpfig-trübsinniges: Ja, ja! darauf zustimmte, meinte er kläglich:

»Der Arend hat das auch immer gesagt.«

»Was denn, Meister?«

»Sehen Sie, daß ich mich überall, wie man das nennt, unmöglich mache. — >Herrgott, ich sage ja nie etwas!<

antworte ich dem Arend, aber er weiß mir Bescheid zu geben und sagt: Aber du lachst und grinsest und zwar niemals an der richtigen Stelle, und das sollen dann die Leute nicht verquer aufnehmen! — Und wenn der Tofote das von sich gegeben hatte, ging er jedesmal hinter die Stalltür oder die nächsten Bäume, zog den Kopf zwischen die Schultern und grinste toller als ich. Ja es war ein gutes Leben mit ihm und unserm Trudchen; selbst die Alte gehörte dazu.«

Er hatte keine Ahnung davon, wie tief ich in diesem Augenblicke in dieses »gute Leben« hineinsah. In der Welt, in der ich hausete, pflegte der gute beratende Freund nach erteiltem Rate zwar die Achseln auch zu zucken und sich hinter den Busch zu schlagen; aber er tat's gewöhnlich wie jemand, der seines eigenen Besten wegen seinen besten Freund aufgeben muß — aufgeben will — aufgibt, und zwar auf der Stelle. Von dem, was vor langen, langen Jahren, so ungefähr in der ersten Hälfte des achtzehnten Jahrhunderts Eugenius zu Yorick sagte, wußte der Meister Autor Kunemund nichts. Er erfuhr in der zweiten Hälfte des neunzehnten Jahrhunderts nur an seinem eigenen Leibe wieder, was damals einige Leute auch schon an sich in Erfahrung gebracht hatten. —

»Daß Sie, lieber Herr, sich hier am Orte so ohne weiteres und noch dazu in der Mitte der Nacht, wenn auch bei Mondschein zurechtzufinden wissen, ist mir auch eine Merkwürdigkeit. So oft ich auch am hellen lichten Tage hierher kam, alle zehn Schritte lang hab' ich vor einer Mauer gestanden und mich zurecht- und meistens auch zurückfragen müssen; aber hier — hier sind wir ja wohl? Herr, Herr, jetzt geht es mir erst recht auf, wie über alles wunderlich es ist, daß ich wieder einmal hier bin und mit Ihnen und in dieser Stunde!«

Wir waren beide mit gesenkten Köpfen gegangen, und jetzt erhoben wir dieselben zu gleicher Zeit vor dem schon einmal beschriebenen Torbogen, der in den Cyriacushof führte; und ein dritter, der mit untergeschlagenen Armen dort lehnte und den Rauch einer Zigarre in das blaue Mondlicht hineinblies, erhob ebenfalls das Gesicht.

»Ich wußte es ziemlich sicher, daß ich Euch hier treffen würde, Ceretto,« sagte ich. »Ihr habt das Fräulein hierher begleitet; und seht — der Herr Autor ist ganz von selber gekommen, ich bin nur durch einen Zufall unterwegs mit ihm zusammengetroffen. Wißt Ihr, wie es da oben geht?«

Der Mohr aus dem Schüsselkorbe beantwortete vorerst diese Frage nicht. Er hatte vor dem Meister Kunemund den Hut gezogen, und nun warf er auch die Zigarre fort und rief:

»So gerät man auseinander und wieder aneinander und zueinander; aber solange ich denken kann, soll es stets der Zufall sein, der's zuwege bringt; und wenn wir mit den Nasen zusammenrennen, geschieht's natürlich ganz von selber. Wenn ich *die* Weisheit in Spiritus, für jede Abart ein besonderes Glas, der Menschheit in einer Bude zeigen könnte, so hinge ich in dieser Nacht noch die gnädige Frau hinter die Tür und ginge wieder einmal ohne Abschied durch.«

»Schwatze Er keinen Unsinn, Wichselmeyer,« sprach der Meister Autor, dem Schwarzen die Hand reichend. »Und wenn Er sich wirklich bei Seinem Senf etwas denkt, so gebe Er uns auch das Fleisch dazu oder behalte ihn nur ruhig bei sich; — was mein Junge macht, will ich jetzt wissen, und weiter nichts!«

»Mir gefiel es eben nicht da in der Stube,« sagte der Mohr mürrisch. »Das gnädige Fräulein winselt, die Alte sagt gar nichts; ich hab' mich leise wieder heraus gemacht; denn da wir doch alle einmal dran müssen, so muß es wenigstens von Zeit zu Zeit einen vernünftigen Kerl geben, der es sich bei solcher Vorstellung lieber draußen in der frischen Luft und bei einer Zigarre überlegt, wie er sich auf dem Seil ausnehmen wird, wann die Reihe an ihn kommt. O meine Herren, dieser Herr Wichselmeyer hier ist klug und alt genug geworden, um zu wissen, was das Beste für den Menschen ist.«

»Der Teufel soll dich braten, wie er dich schwarz geräuchert hat, du Kaffer, du Hottentott, du hinterafrikanischer deutschgekochter Jahrmarktslump!« schrie der Meister Autor wütend. »Was geht es hier mich an, was für den Menschen das Beste ist? Ich bin doch auch ein alter Kerl geworden und habe das Meinige in der Welt gesehen; aber solch ein sackermentsches, in jeder Brühe umgewendetes Stück Vieh, wie dich, noch nicht! Das Kind sitzt da oben in Tränen bei meinem armen Jungen, und dieser Flegel stellt mir hier mit seiner Jahrmarktsweisheit ein Bein! Aus dem Wege, sage ich!«

Der Meister stürzte in das Tor, ich wollte ihm rasch folgen; als Signor
Ceretto mir über die Schulter hastig zuflüsterte:

»Halten Sie ihn doch auf! Der Herr Steuermann befanden sich vor zehn Minuten eben im Sterben. Lassen Sie den Alten doch nicht grade in den letzten Jammer hineinbrechen. Zum Trost für die Damen kommt er am richtigsten, wenn der junge Herr Abschied genommen hat.«

Das mochte wohlgemeint sein, und wurde jedenfalls gesagt, wie es gedacht wurde, aber ich machte dessenungeachtet meinen Arm ziemlich grimmig von dem Griff des dunkelfarbigen Weltweisen frei und hätte beinahe etwas sehr

150

laut gerufen, was ich keineswegs hier niederzuschreiben gewagt haben würde. Ich eilte dem Meister Autor nach und irrte mich wahrscheinlich nicht, wenn ich später beim Wiederüberdenken dieser Erlebnisse für gewiß angenommen hatte, daß der schwarze Philosoph vor allen Dingen die bei unserer Annäherung weggeworfene Zigarre vom Boden aufgelesen und von neuem in Brand gesetzt habe.

Zweiundzwanzigstes Kapitel.

Was die Sonne aus den gegebenen Verhältnissen im Cyriacihofe machen konnte, das tat sie, wenn sie schien; aber der Mond gewann ihr hier doch den Kranz ab. Bei Mondenlicht hatte jener bauverständige Herr den Hof, in welchem ich ihn neulich traf, sicherlich nie gesehen, er würde sich sonst eher an einer der wundervollen Dachtraufen aufgehängt, als so fröhlich beide Hände zu der projektierten Zerstörung dargeboten haben. Selbst die erquickliche Vorstellung, daß man ja bereits beginne, Nürnberg abzutragen, würde ihn nicht zu seinem Werke ermutigt haben, wenn er nur ein einzig Mal sein Zerstörungsobjekt so betrachtet hätte. —

Ich achtete darauf, denn ich hatte dergleichen schon früher zu schildern gesucht, der Meister Autor aber nicht. Er war mir vorangestürmt und war verschwunden in der dunkeln engen Spitzbogentür, von welcher aus die Treppe zu der Wohnung der Base Schaake aufwärts führte. Ich erwischte ihn auch in dem gewölbten Gange nicht mehr; er hatte bereits die Tür der Base hinter sich zugezogen; ich würde ohne ihn jedenfalls vor dem Eintreten einen Augenblick lang das Ohr an diese Tür gelegt haben, doch nun blieb mir nichts übrig als ihm, so leise als möglich, auf den

Fußspitzen zu folgen.

Die Sonne, die rote Sonne war's, deren Licht neulich durch das hohe breite Bogenfenster auf das weiße Haar der Base Schaake strömte; jetzt flutete auch hier das Mondenlicht herein, und die betaueten Blätter der Ulme draußen vor dem Fenster glänzten silbern in dem Schein. Das Fenster stand offen, der Gartenduft drang mit der schönen Helle herein. Das silberne Licht lag auch auf dem Fußende des Bettes des guten Seefahrers Karl Schaake, und die alte Frau mit dem Wunderhaar hatte die blauen Wunderaugen auf die weiße Decke gedrückt, und ihre alten Arme umklammerten fest den stillen Mann unter der weißen Decke; zu Häupten im Schatten saß Gertrude Tofote. Der Bote, der aus dem Cyriacihofe nach dem Hause der schönen Hexe gekommen war, war ein Kind des Hofes, und die Base hatte es geschickt mit einem Zettel, auf welchem ungefüge und unorthographisch die Worten standen:

»Er will dich nochmal sehen. Tu's mir zuliebe — der liebe Gott wird's dir vergelten, Gertrud!«

Trudchen Tofote hielt den Zettel zerknittert noch immer in der Hand; später hat sie ihn mir gezeigt. —

Ich stand in meiner Rolle als Zuschauer still an der Tür. Die hübsche
Waldelfe regte sich nicht von ihrem Stuhle; aber die Greisin erhob nun das
Gesicht aus den Kissen und sagte rührend ergeben:

»Ihr kommt zu spät, Vetter.«

Hätte ich dieses Buch, wie man es nennt — gemacht, so würde ich mich wahrhaftig hüten, hinzuschreiben, was jetzt zu allem übrigen kam. Aber es ist damals so gewesen! — bei der heißen Geisterhand, die mir heute noch in der Erinnerung wieder an die Kehle greift, es machte sich ganz von selber so! Es war eine Methodisten- oder Baptistengemeinde, die in dem alten Barfüßlerkloster ihren Betsaal gemietet hatte und in diesem Augenblick wegen einer außergewöhnlich heftigen Bedrängnis in der Kirche eine nächtliche Betstunde abhielt und sang. — Sie sangen in der einstigen Choraley der Mönche, die im Laufe der Jahrhunderte alles gewesen war, Viehstall im Dreißigjährigen Kriege, Speicher im Siebenjährigen, Lazarett in der Franzosenzeit, und jetzo ihrem ersten Zwecke wenigstens annähernd wieder zurückgegeben war. Die Töne klangen in der stillen Nacht, gedämpft, um die Nachbarn nicht zu sehr in der Ruhe zu stören, geisterhaft zu uns her aus der Ferne und dem Grundstock des Gebäudes, und wir horchten alle, und *uns* störten sie wahrhaftig nicht.

Aber auf die Anrede der Base hin ergriff der Meister Autor meine Hand und drückte sie fest zusammen:

»Herr, *das* war es, was ich heute mittag schon vernommen habe! Das Singen hab' ich am Mittag in der hellen Sonne gehört! Ach Base, Base, ist er gestorben? bin ich zu spät gekommen? Guten Abend, Trudchen! o Base Schaake, was klingt alles um einen herum in der Welt! Karl, Karl, mein lieber Junge, das dachtest du dir auch nicht, als du uns aus dem Walde durchgingest! Jetzt laßt mich ihn aber doch sehen!«

Der Meister hatte sich über den Toten geneigt; ich, der ich immer eine große Vorliebe für das Leben, das heißt für die Lebendigen gehabt habe, faßte mein kleines, närrisches, hübsches Fräulein zu Häupten des Bettes ins Auge.

Sie hatte sich von ihrem Sitze erhoben und war aus dem Schatten der Wand in das bleiche Licht getreten, das durch das Fenster auf den untern Teil des Lagers fiel. Da stand sie ratlos, zitternd, tränenüberströmt; der Tod schien einen überwältigenden Eindruck auf sie gemacht zu haben, und als sie mir das schmerzbewegte Gesichtchen entgegenhob, erschien sie mir reizender denn je. Vom malerischen Standpunkte aus betrachtet, fehlte nur die schöne Witwe, Frau Christine von Wittum an ihrer Seite, um die Gruppe in wahrhaft künstlerischer Weise nach allen Seiten hin abzurunden.

»Trudchen hat ihn gottlob noch am Leben getroffen,« sagte die Base. »Er hat sie so sehr gern gehabt, und so war's sehr gut und freundlich von ihr, daß sie sich gar nicht besann und aufhielt, als ich zu ihr schickte, sondern in ihrem schönen Ballkleide hierherkam. Er war in einer schrecklichen Aufregung vorher und stritt sich heftig mit einem, den er seinen Lotsen nannte; als aber unsere Gertrud so schön und glänzend hereinkam, wurde er mit einem Male still und sah sie an — sah sie immer an. Dann sagte er wieder was, was sich auch auf sein Seehandwerk bezog, was ich aber nicht verstand, und dann hielt er ihre Hand und sagte: Kein Mensch hier weiß, wie viel größer das Wasser als das Land ist; jetzt sollst du's sehen draußen vor der roten Tonne, jetzt hab' ich dich auf dem Schiff, und in Indien sollst du auf einem Elephanten reiten, Trudchen!«

»Ich habe mich schrecklich gefürchtet,« schluchzte Gertrude Tofote. »O ich wollte, mein Vater lebte noch, und wir lebten alle noch im Walde; aber er — er ist ja der Erste gewesen, der daraus fortging und auf die wilde See!«

»Dir sind die paar Minuten schon schrecklich gewesen, Trudchen,« sagte die Greisin, »aber mich hat er Tage und Nächte lang fort und fort, immerzu und immerzu rund um die Erde in seiner Hantierung mit sich gezogen und gerissen. Jetzt hat er Ruhe, Vetter Kunemund, und die wilde

See tut ihm nichts mehr.«

»Hat er denn das Kind wirklich noch erkannt, oder waren es nur seine gebrochenen Füße und das Fieber, die ihn so reden ließen?« fragte der Meister Autor.

»Ei freilich hat er das Kind noch wieder gekannt; es hat ihm doch wenigstens noch über das Letzte leichter weggeholfen. Nicht wahr, Gertrud, es war gut, daß du kamst?«

Gertrud nickte und wendete sich hastig ab.

»Er sagte: Leb wohl, liebes Trudchen, und dann war es zu Ende, — ja, zu
Ende, zu Ende,« schloß die Base Schaake.

Über ein Sterbebett läßt sich im Grunde immer wenig sagen; wenngleich manches darüber denken. Der dunkle Pilot hatte eben Abschied genommen; — Willkommen in See! war das letzte Wort gewesen, das ich meinesteils von dem guten Steuermann Karl Schaake vernommen hatte. Die rote Tonne lag in Wahrheit hinter dem seefahrenden Manne, und klare Kimmung war vor ihm. Was half es am Ufer zu stehen und mit den Sacktüchern nachzuwinken? Ich führte das Fräulein nach Hause; — vom Uferdamm nach Hause.

Der Meister hatte den trüben Bericht der Greisin angehört und das weiße Tuch wieder über das Gesicht des toten Seemanns fallen lassen; dann hatte er sein »Kind« in die Arme genommen und es herzlich geküßt und manch ein Schmeichelwort zu ihm gesprochen. Die schöne Elfe hatte herzzerbrechend dabei geschluchzt und einmal übers andere dazu gerufen:

»Das ist so fürchterlich, so traurig-schrecklich! o morgen wirst du doch zu mir kommen? nicht wahr, morgen früh kommst du gewiß zu mir?«

155

Und der Meister hatte eben so oft gesagt:

»Ja freilich! freilich!« und dann hatte er sich zu mir
gewendet: »Wollen Sie so gütig sein, das arme Ding nach
Hause zu bringen. Es ist eine schlimme, schwere Luft hier,
und mit dem Halunken, dem Ceretto, allein möchte ich das
Kind doch nicht wegschicken. Es gehört Geschick dazu, mit
Menschen in Verwirrung gut umzugehen! Bitte, bringen Sie
das Trudchen jetzt nach Hause!«

Ich war natürlich bereit dazu, wenn ich gleich ohne alle
Besorgnis die junge Dame dem schwarzen Philosophen
anvertraut haben würde. Wir gingen, fast ohne Abschied zu
nehmen; unser Trudchen befand sich dazu in der Tat
allzusehr in Verwirrung, und vor dem toten Mann fürchtete
sie sich heftig. —

Die Straßen waren jetzt ganz leer, und wir hatten auf
unserm Wege die alte Stadt so ziemlich für uns allein. Die
wenigen Nachtschwärmer, die uns dann und wann
begegneten und die Ruhe und den Frieden der Nacht durch
ihre Heiterkeit um so bemerklicher machten, hielten sich mit
dieser Heiterkeit an den Freund Ceretto, der in bescheidener
Entfernung gelassen hinter uns drein wandelte und in der
richtigen Weise auf jegliche Ansprache einzugehen wußte.
Indem ich nach besten Kräften das Fräulein unterhielt,
horchte ich doch stets halben Ohrs auf diesen schwarzen
Mohren. —

»O was ist das für eine Nacht! ich werde mich mein ganzes
Leben lang nicht wieder zufrieden geben können!«
schluchzte die Elfe.

»Es ist freilich ein trauriger Fall; aber wir müssen uns doch
zu beruhigen suchen, mein Fräulein,« tröstete ich. »Der
arme junge Mann hat recht gelitten — für seinen Beruf war

er untauglich geworden; vielleicht war es doch das Beste —«

»Natürlich war es das!« brummte hinter uns der schwarze Signor. »Es konnte ihm gar nichts Angenehmeres passieren! man kennt die Redensarten; — nicht wahr?!«

Die letzte Frage war, von einem außergewöhnlich gräßlichen Zahnfleischfletschen begleitet, an zwei junge Männer gerichtet, die uns an einer außergewöhnlich hell vom Monde beschienenen Stelle gestreift hatten, und von denen der eine, stehen bleibend, den andern auf das Trudchen aufmerksam gemacht hatte mit den Worten:

»Ein reizendes Geschöpfchen!«

In einigem Schrecken vor dem Schwarzen zurückprallend, hatten die Herren ihren Weg fortgesetzt und wir den unsrigen gleichfalls.

»Der Onkel Kunemund war sehr betrübt. Er hatte unseren Karl recht lieb gehabt, und ich hatte ihn auch sehr gern,« seufzte Fräulein Tofote. »Wir sind so häufig zusammengetroffen und wieder voneinander gegangen; aber nie unter solchen schrecklichen Umständen.«

»Jawohl,« brummte Ceretto hinter uns, »wenn das keine kuriose Geschichte ist, laß ich mich hängen. O Donnerwetter, sie haben alle ihre Ahnungen und geheimen und geheimnisvollen Beziehlichkeiten, weshalb sollte ich da nicht auch die meinigen haben. Herr, es geht wer hinter uns!«

Dieser Ausruf war an mich gerichtet, wir standen still, die Gasse lag klar und leer da — nichts war zu sehen und zu hören, und das Trudchen klammerte sich fester an meinen Arm.

»Sie haben den Herrn Autor bereits wütend gemacht; ärgern Sie mich nun nicht auch noch, alter Freund,« rief ich; doch der Mohr sagte:

»Ich muß doch meines seligen Herrn Schritt kennen! So ging er auf seinen
Geschäftswegen; — horch, — hören Sie?«

Wir hörten natürlich nichts, aber Trudchen zitterte heftig; und ich rief ärgerlich:

»Sie sind, — nun ich werde es Ihnen an einem der nächsten Tage sagen, was
Sie sind; jetzt wollen wir uns beeilen, nach Hause zu kommen. Die gnädige
Frau wird sicherlich in einiger Unruhe auf das Fräulein warten.«

Wir beeilten uns in der Tat; ich aber sprach dem Kinde an meiner Seite noch einmal guten Mut zu.

»Es war doch gut von Ihnen, Gertrud, daß Sie dem Rufe der alten Frau im Cyriacihofe sofort nachkamen. Den Onkel Kunemund hat es auch recht gefreut, und er wird Ihnen gewiß noch häufig seinen Dank dafür sagen. Ich, der ich die Lage der Dinge so ziemlich genau kannte, ahnete wohl, wohin Sie uns verschwunden waren; aber unsere Freundin, die Frau Christine war sehr besorgt und in rechter Unruhe Ihretwegen.«

»Oh!« flüsterte die Elfe, und so erreichten wir die Tür der Hexe, und nahmen auch wieder einmal Abschied voneinander.

»Da sind wir zu Hause,« sagte ich, »und nun bitte ich Sie herzlich, liebes Fräulein, nehmen Sie sich das Elend der Welt nicht mehr zu Herzen, als nötig ist. Es ist noch nie etwas

Außergewöhnliches auf Erden vorgefallen. Sie sind es sich und uns — allen Ihren Freunden schuldig, daß Sie auf Ihre Gesundheit Rücksicht nehmen. Jedenfalls müssen Sie fest überzeugt sein, daß wir alles tun werden, um Ihnen fernere persönliche Aufregungen zu ersparen.«

»Gute Nacht, mein Herr, ich danke Ihnen,« sagte Gertrud Tofote, und ich wendete mich gegen unsern Begleiter, der sich jetzt dicht an uns hielt:

»Gute Nacht, Ceretto. Wir beide haben noch ein Wort demnächst miteinander zu reden.«

»Ich wünsche Ihnen, recht wohl zu ruhen,« sprach der Alte. Mit welcher Miene er das sagte, konnte ich leider nicht erkennen; denn der Mond hatte seinerseits seinen Weg fortgesetzt, und das Haus der Frau Christine von Wittum lag nunmehr im tiefen Schatten. Die Gesellschaft hatte sich längst getrennt, die Fenster des Salons waren ganz dunkel, und nur hinter den Vorhängen des Winkelchens hervor, aus welchem die Frau Christine mich und die Base Schaake das Trudchen abgerufen hatte, leuchtete noch ein schwacher Schein, das zierliche Flämmchen in dem weißen Lilienkelche.

Dreiundzwanzigstes Kapitel.

Statt jetzt zu Bett zu gehen, ging ich von dem Hause der Witwe aus weiter. Anfangs an zierlichen Gartengittern vorüber, dann durch taufrische, von lebendigen Hecken eingefaßte Pfade und zuletzt im stillen, freien Felde. Es verlockt nichts in gleicher Weise so weiter und weiter als solch ein Feldweg durch das reife Korn und die Garben, dem Sonnenaufgang entgegen. Nur ein erbärmlich kahlgezaustes

Bauerngehölz warf einmal einigen Schatten auf mich, doch das war bald durchschritten und das dicht dran gedrückte noch im Schlafe liegende Dorf gleichfalls. Das nächste Dorf fand ich bereits wach, und vor dem Kruge eine Bank und einen Tisch, an welchem letztern ich mit dem zufrieden war, was die Wirtschaft zu bieten hatte. Da sah ich die Sicheln und Erntewagen an mir vorüberziehen und hielt die Hand in den ersten Sonnenstrahl des neuen Tages. Wer im Grunde nur für sich selber zu sorgen hat, kann im Auskosten des Leidens und der Freude der Welt um ihn her, sich Genüsse verschaffen, in welchen der sublimierteste Egoismus, dessen der Mensch fähig ist, sich gipfelt. Das höchste, innigste, innerste, schärfste Leben lebt man in diesen Momenten; — wer es leugnet, möge es mit einem Gesichte tun, wie ein Frauenzimmer, das nach einem in der Familie eingetretenen Todesfall den Traueranzug vor dem Spiegel anprobiert. —

Durch einen sehr heißen, wolkenlosen Morgen schlich ich müde und abgespannt zur Stadt zurück, schlief totenähnlich bis zum Mittag auf dem Sofa und fragte am Nachmittage bei den Leuten im Cyriacihofe an, ob ich mich ihnen in irgendeiner Art nützlich erzeigen könne. Herr Autor sowohl wie die Frau Schaake erkannten die Höflichkeit über Verdienst an, aber sie verwunderten sich selber darüber, wie glatt in solchen Fällen das alles abgehe. Geistliche wie weltliche Behörden machten den Trauernden die Tage so leicht als möglich. Es waren Namen, Daten und Zahlen in gedruckte Schemata einzutragen gewesen, und der Sarg im Hause ohne jegliche Weitläufigkeit.

Der gute Steuermann, der sich so lange ungestraft auf allen Meeren herumgetrieben hatte, lag bereits tief, tief im Binnenlande in diesem Sarge, und —

»Morgen um zehn Uhr wollen wir ihn hinausbringen,« sagte der Meister Autor.

Den Hafenmeister sah ich nicht. Er hatte alle Hände voll zu tun, berichtete mir der Meister; denn so ziemlich der ganze Hof gehe mit, und jedermann verlange sein Stück Kuchen.

Gertrud Tofote hatte bis jetzt nur viele schöne Blumen und Kränze mit weißen Atlasschleifen geschickt und hatte dabei sagen lassen: sie sei sehr betrübt und sehr unwohl und bitte den Onkel Kunemund nur auf ein einziges Viertelstündchen zu ihr zu kommen.

»Vielleicht so gegen Abend werde ich es möglich machen,« sagte mir der
Meister: »jetzo sitze ich hier Wache und — Herr, ich sage Ihnen, ich habe
trotz alledem in meinem Leben Stunden gehabt, wo ich das ganze deutsche
Volk zum Tanze hätte aufziehen mögen!«

Er saß mit seiner Pfeife in der kühlen steinernen Halle vor der Tür der
Base Schaake; die Tür stand halb offen, und ich sah darin grade auf den
sonderbaren Schimmer der Stearinkerzen im hellsten Tageslichte. Der Meister
Autor hatte eben wieder seine Pfeife anzuzünden und sagte:

»Ja, ja, sehen Sie diese Zündholzdose. Ich habe sie vom Arend geerbt. Er hat sie auf manchem Anstande gebraucht. So um das Jahr Vierzig, wenn's mir recht ist, fiel die Menschheit auf derartiges Feuerzeug. Vorher hatte man sich arg mit Stahl und Stein zu quälen, doch das beizu; — Herr, die Lichter da, auf welche Sie eben sahen, hab' ich angezündet und, Herr, ich habe dabei an den letzten Weihnachtsbaum denken müssen — den letzten im Walde, den die Alte, der Arend und ich unserm armen Trudchen aufputzten. O lieber Herr, wie viele Gärten versinken dem

161

armen Menschen in der Welt.« …

Das war das Wort! — Es fallen Schlösser — Luftschlösser ein; aber das hat nichts zu bedeuten: die Gärten allein, die den Menschen, den armen Menschen versinken, die waren ein jeglicher eine Wirklichkeit von dem verlorenen Paradiese an! Wenn ihr das leugnen wollt, so leugnet es aus der Mitte eines, in dessen Besitze ihr euch noch befindet, aber nimmer vor der Pforte eines solchen, der euch verloren ging; — im erstern Falle ist wenigstens die Aussicht vorhanden, daß es euch gelingen werde, euch selber zu belügen. —

Der folgende Tag war einer der heißesten im ganzen Jahre. Die Sonne schien die Erde wie mit einer glühenden Zange zu halten, die Hitze und der Staub waren unerträglich; ein Schein, sozusagen animalischer Verdrossenheit legte sich über alle Vegetation; und unsere Aufgabe ließ sich unter keinen Umständen auf eine kühlere Stunde verschieben.

Wir führten den Steuermann Schaake hinaus vor die Stadt und begruben ihn. So ziemlich der ganze Hof fand sich ein zu dem oben bemeldeten Kuchen und einem Glase nicht teuern Moselweins.

Ein gut Teil der Freunde und Bekannten ging auch mit hinaus auf den Kirchhof und, nachdem das feierliche: Von Erde bist du genommen usw. — gesprochen worden war, soviel als möglich im Schatten sich haltend, wieder nach Hause. Der Meister Autor und ich blieben noch ein Weilchen, der — Erde und der Sonne zum Trotz.

»Es ist doch kurios,« sagte Herr Kunemund, nachdem wir einige Minuten stumm neben der halbzugeschütteten Grube gestanden hatten, »sonderbar ist's eigentlich, daß man grade bei solchen Gelegenheiten am deutlichsten spürt, daß man vorhanden — daß man da ist.«

»Freilich,« sagte ich, »aber Meister, dazu gehört eben doch auch, daß man wenigstens ein einziges Mal schon vorher wirklich und im Vollen gefühlt hat, daß man da ist, und das ist keineswegs so häufig der Fall.«

»Darüber hab' ich noch nicht nachgedacht,« sprach der Meister Autor; und dann tauschten wir einige andere Gedanken und Bemerkungen aus, die zwar weder groß noch tiefsinnig waren, dessenungeachtet aber doch gedacht und gemacht werden mußten.

»Am meisten kümmert mich der Hafenmeister,« seufzte der Alte. »Was dieser hier mich angeht, so bin ich zufrieden, weiß mich zu schicken und zu fassen; ich setze mich da nur ein wenig fester auf meiner Schnitzbank. Aber was denken Sie über die Base Schaake?.. Der Junge war ihr Liebling und ihr ganzes Leben; und wenn er auch oft lange Jahre von ihr weg war, und sie es also schon gewohnt sein sollte, so wird sie sich in diese Ruhe doch niemals finden. Sie kann's nicht, sie wird's nie können. Ob sie ihr eigenes Leben einmal, wie Sie sagen, ein einziges Mal im Vollen gefühlt hat, weiß ich nicht, aber daß sie in dem Jungen ihr Dasein spürte, das will ich wohl beschwören. Ich kenne sie danach! Wenn er abwesend war, so war es ihr einziger Trost, daß sie saß und las. Ich sage Ihnen, sie las — und was las sie? Den Robinson und die Geschichte von dem fliegenden Holländer und vor allem andern die Geschichten von dem türkischen Kaufmann, der zu den Leuten kam, die das Gesicht mitten auf dem Bauche trugen, und der einen Walfisch für eine Insel hielt und mit seinen Kameraden ein Feuer drauf machte, um seine Suppe zu kochen. Was sie sonst von Reisen und Abenteuern auftreiben konnte, las sie und glaubte alles. Ihren Augen sahen Sie es nicht an, wie bunt es oft in ihrem Kopf herging. Sie reiste mit, die alte Frau, und erlebte auf ihrem Spinnstuhle die menschenmöglichsten

Dinge. Ich habe oftmals mein Erstaunen und meine Verwunderung darüber gehabt, was für ein beschlagener Reisender sie war. O sie wußte dem Jungen, jedesmal wenn er heimkam, von ihrem Stuhle her mehr Merkwürdigkeiten zu berichten, als er ihr von seinem Schiffe aus. Er hat es mir selber oft genug halber weinend und halber lachend erzählt. Und das ist nun vorbei, Herr; das ist vorbei, und das ist das Schlimme und Angstvolle, lieber Herr! Was soll die alte Frau anfangen; jetzo, da sie ihrem Jungen nicht mehr nachreisen kann? Versunkener Garten, Herr! Sie, Herr Bergmeister, haben eben auch mit uns andern drei Schaufeln voll Erde drauf geworfen!«

»Zum Teufel, ja!« schrie ich im Innern meiner Seele und zwar mit dem nämlichen objektiven Grimm, mit welchem der Meister Autor vorgestern abend den Signor Ceretto, den bremischen Mohren, anschnauzte. Laut sage ich, indem ich dem Greise zu gleicher Zeit leise und gerührt die Hand auf die Schulter legte:

»Ob wohl die Base ihrem braven wilden Seefahrer nicht doch schon wieder nachreist?! Es wird ihr auch da an Reiseführern nicht ermangeln.«

Der abendländische Lebensbaum, =Thuja occidentalis=, die Stinkzypresse wucherte in großer Menge auf dem Friedhofe und war das einzige Gewächs, das sich in dieser Hitze wohlzufühlen schien. Der Meister hielt einen abgebrochenen Zweig davon in der Hand, lächelte und sagte:

»An das Einfachste denkt man immer zuletzt.«

Nun wäre eigentlich nichts weiter zu sagen gewesen, aber ein guter Rat, oder das, was man gewöhnlich für einen solchen nimmt, geriet mir auf die Zunge, und ich enthielt ihn dem alten Freunde nicht.

»Herr Kunemund, alle Umstände ineinander rechnend, könnten Sie jetzt wohl noch einmal den Versuch machen, es hier bei uns in der Stadt auszuhalten. Die erwünschte Stille würdet Ihr auf dem Cyriacushof im vollen Maße finden — Ihr und der Hafenmeister gehört im Grunde ganz und gar zueinander, und es würde gewiß kein Tag vorübergehen, an welchem Ihr das nicht von neuem ausspürtet. Überlegt es Euch!«

»Das habe ich wohl schon dann und wann überlegt,« erwiderte der Meister. »Auf den ersten Blick sieht es sich freilich ganz hübsch an, aber bei genauerer Besichtigung tut es sich denn doch nicht. Wie lange steht denn der Hof noch aufrecht, Herr? Sie wissen es ebenso gut als ich, daß die Maurer mit den Brecheisen und die Zimmerleute mit den Äxten im Anmarsch auf ihn sind. Das alte Gemäuer mag freilich lange genug gestanden haben, aber der Base Schaake wegen hätte es doch noch gut ein paar Jährchen länger stehen bleiben können. Herr, je älter man wird, desto brüchiger scheint auch die Welt um einen her zu werden. Wie sich dieses demnächst machen wird, kann ich heute noch nicht sagen: die eine Alte hab' ich ja schon daheim im Hause; wer weiß, ob ich mir nicht auch die andere dazu holen werde. Lieber Herr, Sie sind jedenfalls jetzt schon eingeladen, sich unsern Haushalt dann mal anzusehen.«

An den demnächstigen Abbruch des Cyriacihofes hatte ich nicht gedacht und wußte auf die Erinnerung daran nichts zu entgegnen. Der Meister Autor seufzte noch einmal recht tief; dann warf er den Thujazweig, den er bis jetzt mechanisch zwischen den Fingern gedreht hatte, in das Grab des Seefahrers, nahm meinen Arm, und wir verließen den Kirchhof. —

An der Pforte fanden wir keinen uns erwartenden Wagen mit einem ob unseres Zögerns verdrossenen Kutscher. An heißen, mit Teer getünchten Planken, Holzhöfen, Gartenmauern und vereinzelten unschönen Häusern vorüber führte uns unser Weg durch den heißen, vom Abfall der Fabrik- und Kohlenwerke geschwärzten fußhohen Staub nach der Stadt zurück. Auf diesem Weg sprachen wir nichts mehr miteinander, bis uns an einer Wendung, die er machte, ein anderer Leichenzug entgegenkam, und wir beiseite traten, um ihn vorbei zu lassen.

Da sagte der Meister, den Kopf schüttelnd:

»Das ist doch wunderlich!«

»Was ist wunderlich, alter Freund?«

»Daß andere Leute immer bei dem nämlichen Geschäfte, in derselben Lage, in ganz demselben Pläsier und Jammer sind. Auf dem Dorfe wird es einem nur nicht so deutlich! I, sehen Sie doch nur — eben sind wir fertig —«

»Und fangen die andern an. Richtig. Ausgefahrene Geleise, Meister Autor! Das einzige Neue liegt nur grade bei den Leuten, die aus ihrem Dorfe kommen, um sich darüber zu verwundern, und nicht bloß hierüber!«

»Hm, hm, da kein Ende dran ist, wird es freilich auch wohl keinen Anfang haben,« brummte Herr Autor Kunemund. »Hat das auch schon einer herausgefunden und schriftlich attestiert?«

Nun mußte ich trotz der unpassenden Zeit und Gelegenheit doch lachen.

»Ach Meister, Meister,« sagte ich meinerseits den Kopf schüttelnd, »dieses hat wohl schon manch einer ausfindig gemacht; aber über das, was es bedeutet, darüber ist man noch nicht einig und im klaren.«

»Dann hilft mir auch das übrige nichts, und meinesteils lasse ich es einfach geschehen,« sprach Autor Kunemund, und so schritten wir weiter zum Hofe des heiligen Cyriacus, der vielleicht gleichfalls aus keinem andern Grunde ein Heiliger geworden war, als weil er hatte geschehen lassen, was er nicht ändern konnte.

Wie unser uns vorangelaufenes Sarggefolge hielten wir uns auf der Schattenseite; man kann eben von der größten Tragödie nach Hause gehen und doch den behaglicheren

Modus der Heimkehr dem unbequemeren vorziehen.

Der uralte Schatten des Torweges fiel jetzt fast kalt auf uns, und auf der engen Steintreppe und im steingewölbten Vorsaale durchschauerte es mich fröstelnd. Ich ging aber doch noch einmal hinein mit dem Meister, die Greisin zu begrüßen, und habe mich späterhin selber darob beglückwünscht, wenn ich daran dachte, daß ich eigentlich den alten Freund nur bis an das Tor hatte geleiten wollen.

Trudchen Tofote saß bei der Base Schaake!

Das sah ich angenehm überrascht von der Stubentür aus, drückte auf ihrer Schwelle dem Meister die Hand und begab mich nunmehr, wie durch einen kühlen Trunk erfrischt, durch die entsetzliche zwölfte Stunde des Tages nach meiner eigenen Wohnung zurück und um zwei Uhr nach dem =Hotel de l'Allemagne= zur Wirtstafel.

Vierundzwanzigstes Kapitel.

Der wäre freilich aller Praktiken Meister, den der Augenblick nicht überrumpeln, den der Schein nicht rühren oder ärgern könnte! Wie wenig Schlaf würde er bedürfen, wie wach und lebendig würde er jederzeit um sich her schauen: was mich anbetraf, so tat ich nimmer einen so tierisch-tiefen Nachmittagsschlaf als an diesem Nachmittage. Mir war es wahrlich nach den Erlebnissen des Tages, die Temperatur eingerechnet, nicht möglich wach zu bleiben, und ich schlief — schlief totenähnlich, totengleich; es kümmerte mich gar nicht, ob die andern das laute, lärmende Spiel weiter trieben, ob es sich fortdrängte an den Straßenecken und auf den Heerstraßen. Einen älteren Herrn als mich wurde wahrscheinlich der Schlag gerührt haben; im Falle er mich gerührt hätte, würde ich nicht das geringste davon gemerkt haben. Signor Ceretto Wichselmeyer würde mich steif und still auf dem Diwan gefunden und das Weitere veranlaßt haben; es war nämlich natürlich der Mohr aus dem Schüsselkorbe zu Bremen, der mich durch wiederholtes Gepoch an meiner Tür nach fünf Uhr erweckte.

Meine Seele stieg auf aus der Tiefe des Vergessens, wie der Körper eines
Ertrunkenen aus der Tiefe des Wassers — langsam und geschwollen.

»Ich bitte nach Menschenmöglichkeit um Entschuldigung,« sagte der Schwarze, »aber es ging um mein Leben, wenn ich nach Hause kam, ohne Sie gesehen und gesprochen zu haben.«

»Um Ihr Leben, Ceretto?«

»Oder um meine Augen, was mir doch auch verdrießlich gewesen sein würde.«

»Und wer —«

»Pst!« sagte der Neger, mit dem Finger auf den Lippen, und blickte grinsend über die Schulter nach der Tür zurück, als ob er erwarte, daß sofort jemand hervorstürzen würde, um die fernere Ausführung seiner Sendung zu übernehmen. Dann trat er auf den Zehen so nahe als möglich an mich heran und stöhnte kläglich:

»Oh!«

»Etwas deutlicher und etwas weniger geheimnisvoll, wenn ich bitten darf, Ceretto!« rief ich kläglich und geärgert. »Ihr wißt, daß ich zu allen Zeiten mit Vergnügen höre, was Ihr mir zu sagen habt — selbst wenn es der Auftrag eines andern ist — aber augenblicklich — bin ich — ein wenig sehr beschäftigt — in Anspruch genommen — kurz — ich bitte Sie, Ceretto, fassen Sie sich so kurz als möglich.«

»Mit dieser Absicht kam ich, Herr. Also ganz kurz — unsere Freundschaft ist zu Ende.«

»Unsere Freundschaft?«

»Ist aus und zu Ende! Sie haben sich bei den Ohren gehabt und einander die Gesichter zerkratzt wie zwei Konkurrentinnen, die einander grad gegenüber jede einen wilden Mann sehen lassen. Ich habe das als einer der wilden Indianer einmal selber erlebt, doch damals behielt mich meine Prinzipalin und ich meinen Dienst. Diesmal und unter andern Umständen ist mir auf Michaelis gekündigt worden, und wenn Sie, verehrter Herr, mich dann gebrauchen können, stelle ich mich schon heute zur Verfügung. Sonst ist alles in der schönsten Ordnung, und selbst der Herr Autor Kunemund wäre nicht imstande, eine größere Ordnung hineinzubringen.«

»Aber meine fünf gesunden Sinne nebst allem übrigen bringt Ihr in die größte Unordnung, Ihr schwarzes Untier!« rief ich. »Wer hat sich in den Haaren gelegen und gegenseitig die Gesichter zerkratzt?«

»Mein hübsche Herrin, das junge Kind, das seit heute morgen bei der Alten im Cyriacushofe sitzt, und meine schöne Herrin, die seit gestern nacht durch alle Zimmer rennt, ihrer Kammerjungfer mit dem Polizeikommissar gedroht hat und fortwährend Tische und Stühle über den Haufen stößt. Wer denn anders?«

Meine Phantasie war plötzlich in einem merkwürdig hohen

Grade tätig. Ich sah und hörte die Frau Christine — sie mußte entzückend in ihrer Aufregung sein. Vorgebeugt, mit verhaltenem Atem und wahrscheinlich ziemlich albern fixiertem Blicke stierte ich auf den Mohren, als müsse ich eine neue Welt aus seiner schwarzen Seele hervorstieren; und der Schlingel grinste — grinste und blieb stumm, bis ich ihn an der Schulter packte und wenigstens das Übrige, was er mir zu sagen hatte, aus ihm herausschüttelte.

»Es ging sofort los, nachdem wir vorgestern nacht nach Hause gekommen waren. Mein Liebchen hin, meine Liebe her! Meine Gute her, meine Beste hin! Liebe Christine — liebe Gertrude! Fräulein Tofote — gnädige Frau!... Damit waren wir dann in den richtigen Ton gefallen, und die Auseinandersetzung konnte einen ruhigen Verlauf nehmen und nahm ihn auch. O Herr, Sie — und gerade nach dem traurigen Ereignis da im Hofe — hätten hinter dem Vorhange stehen und sie auf dem Diwan nebeneinander sitzen sehen sollen! Ich habe vor manchem Vorhange die Pauke geschlagen; aber hier hielt ich mich so still als möglich hinter ihm und horchte wie ein Mäuschen, bis die gnädige Frau das gnädige Fräulein auch wieder >mein Mäuschen< nannte, und man sich für diesmal gute Nacht sagte, gerade an derselbigen Stelle, wo sich Katze und Hund gleichfalls gute Nacht zu sagen pflegen. Können Sie es sich wohl vorstellen, daß sie sich wirklich beiderseits dabei auf die Stirnen küßten? Mir hinter der Tür traten die Tränen in die Augen.«

Ich setzte mich, unfähig etwas zu bemerken, auf meinen Diwan; doch der
Freigelassene des alten Satans Mynheer van Kunemund hatte noch länger sein
Vergnügen an meiner Furcht vor ihm.

»Ja, ja,« sagte er mit melancholisch-philosophischem

171

Akzent, »es ist lieblich, wie sich das alles vor den Augen der Welt zurechtlegt; — es ist so schön, die Greisin im Cyriacushofe zu trösten, und es ist so sehr erquickend, seinen Willen zu bekommen und doch noch von jedermann darum gelobt zu werden; von dem jungen Herrn von Wittum vor allen andern.« —

Waren das wirklich die Gründe, denen der Meister Autor und ich es zu danken hatten, daß wir die Gertrud Tofote die alte verlassene Frau im Cyriacushofe tröstend und durch ihre Gegenwart im Schmerze aufrichtend fanden? Matt und unfähig darüber nachzudenken, fragte ich:

»Und was nun? was nun weiter, lieber Mann?«

»Natürlich wünscht man Sie zu sehen und das Weitere mit Ihnen zu überlegen.«

»Wer wünscht das, Herr Wichselmeyer?«

Der Mohr sah mich unbeschreiblich verachtungsvoll an und ließ eine verhältnismäßig lange, aber glücklicherweise wenig kostbare Zeit vorüberstreichen, ehe er mich einer Antwort würdigte.

»Das Kind doch nicht?!« rief er endlich. »Sie würden der letzte sein, an den das gnädige Fräulein sich um Rat und Trost wenden würde; aber die gnädige Frau bittet um einen Besuch, wünscht sich Ihnen an das Herz zu legen und Ihre Wut an Ihnen auszulassen.«

»An mir?! Gütiger Himmel, weshalb denn gerade an mir?«

»An den Tod kann man sich nicht halten; der Herr Autor Kunemund lassen auch nicht mit sich scherzen, und einen muß man doch haben, dem man sagen darf, was man über die ganze Geschichte denkt! Sie sind der Mann, lieber Herr;

Sie allein; denn Sie sind zugleich ein Mann von Welt, und wer in dieser lästerlichen, hinterlistigen, heimtückischen Welt keine Sehnsucht empfindet nach der einzigen Kreatur, von der man gewiß weiß, daß sie uns versteht und uns nachfühlt, der ist eben in eine andere Schule gegangen und hat darin das Seinige gelernt, ungefähr wie ein gewisser Nigger, der sich aus Bescheidenheit weiter nicht nennen will, dessen Dienstbuch aber jederzeit auf der Polizei eingesehen werden kann.«

Ich hielt mir die Stirn mit beiden Händen. Dieses an diesem glühenden
Tage?!...

»Meine Empfehlung an Ihre Herrin, Ceretto, ich werde ihr meine Aufwartung machen.«

»Das werde ich bestellen, obgleich es, sozusagen, überflüssig ist; — man kannte die Antwort schon ohne das.«

Nun hätte ich den Schwarzen doch noch aus der Tür werfen müssen; er schien es aber auch einzusehen und entfernte sich schleunigst ohne das, nachdem er sein letztes Wort gesprochen hatte.

Fünfundzwanzigstes Kapitel.

Ein Gewitter mußte kommen, und gegen sechs Uhr zeigten sich die Vorboten desselben an allen Ecken und Enden, das heißt über alle Dächer her, die mir rings um meine Fenster den unermeßlichen Äther verengerten. Während die giftig-weißen Wolkenballen emporstiegen und, sich umwälzend, ihre Farbe ins Dunkelgraue, ins Schwarze verwandelten, machte ich die möglich-sorgsamste Toilette, meine äußere

Erscheinung gleichfalls aus dem Grauen ins Schwarz
verändernd. Zu gleicher Zeit machte ich unter dem Einfluß
der elektrischen Schwüle einen Seelenprozeß durch, dessen
häufigere Wiederholung mir für den Körper nicht
wünschenswert sein konnte.

Ich überdachte mein Leben und zählte die Jahre desselben.
Die Summe der letzteren streifte nahe an die Zahl Vierzig
heran; das erstere erschien mir in der augenblicklichen
Gewitterbeleuchtung wie ein gutstehendes,
wohlgehäufeltes, unübersehbares, aber auf Regen wartendes
Kartoffelfeld. Ob das, was der Meister Autor »versunkene
Gärten« nannte, unter der nahrhaften Vegetation begraben
lag, will ich unaufgerührt lassen; sicher aber war, daß mir
das noch niemals so glaublich erschienen war, als in diesen
Augenblicken. So weich, so menschenscheu und zugleich so
sehr menschenbedürftig wie jetzt hatten mich Leben und
Tod noch nie gestimmt.

»Diese Hexe!« stöhnte ich leise, die Hemdärmel zuknöpfend.
O, sie wußte es ganz genau, was sie zustande brachte, als sie
neulich fragte: wer ist denn der Herr da? — Hätte sie statt
dessen, beide Hände mir entgegenstreckend, die
Bekanntschaft erneuert, so wäre alles verlaufen wie es sich
eigentlich gehört — erfreulich, höflich, in den besten
gesellschaftlichen Formen; aber bei

    der Macht Proserpinas
  Und bei Dianas unverrückter Allgewalt,
  Auch bei den Büchern, kräftiger Bannsprüche voll,
  Die hoch vom Himmel feste Stern' herunterziehn —

dies Weib wußte, was für ein Zauberwort es gebrauchte!

Wer ist denn der Herr eigentlich? — —

Ich nähere mich dem Schlusse meines Berichtes und werde im Gegensatze zu meinen, derartige psychologische Raritäten novellistisch aus der Tiefe ihres Talentes herauffischenden Kollegen von Wort zu Wort, von Satz zu Satz ehrlicher und wahrer. Diese an das alberne Gänschen, das Trudchen Tofote gerichtete Frage: Wer ist der Herr? ich sollte ihn eigentlich kennen! — fibrierte zu allen Stunden scharf und schrillend mir durch die innigsten, wehmütigsten Gemütsbewegungen der letzten Tage und Nächte. Wir mögen noch so sehr in das Schicksal anderer Leute verflochten werden, unser eigenes Schicksal behalten wir darum doch für uns allein, und es ist uns stets — manchmal unsern tiefsten Empfindungen und Anmahnungen zum Trotz, das wichtigere.

Das Wort der Hexe ärgerte mich durch die Stunden am Bette des sterbenden
Steuermanns, setzte mir seine scharfen Nägel mitten im Verkehr mit dem
Meister Autor und der Base in das weiche Herzfleisch, war mir in der heißen
Sonne unter den hohnlachenden Lebensbäumen am Grabe des Seefahrers Karl
Schaake wie ein eisiger Hauch im Nacken und zwang mich mehrmals, mich
umzusehen, *wer* »eigentlich« da hinter mir stehe und mich anblase.

Was waren mir alle versunkenen und versinkenden Gärten gegen dieses höhnische, lebendige, blühende Lächeln der Hexe, der Frau Christine von Wittum?!...

Wir kannten uns recht gut; wenn wir uns auch durch manches Jahr aus dem
Gesichte verloren hatten. Als wir uns kennen lernten, waren wir noch —

»Oooooh!« stöhnte ich, und mit dem Griffe, mit welchem andere Leute dann und wann nach der Pistole, dem Strick oder dem Rasiermesser griffen, faßte ich meinen Hut und ging — ging zur Frau Christine, die mich durch den Zaubermohr und Diener weiland Mynheers van Kunemund hatte ersuchen lassen, noch einmal bei ihr vorzusprechen.

Es lag mir schwer in den Gliedern, und ich wunderte mich gar nicht über die müden, verdrossenen Gesichter der Leute in den Straßen. Langsam, ein Bein dem andern nachschleifend, erreichte ich die Haustür der gnädigen Frau, und auch hier wieder fand ich natürlich den Signor Ceretto Wichselmeyer am Pfosten lehnend, — wie in jener Mondnacht unter dem Torbogen des Cyriacihofes. Außer der Hautfarbe hatte er von seinen afrikanischen Ahnen noch dieses an sich behalten, daß ihm nicht leicht bei irgendeiner europäischen Temperatur (physischen wie moralischen) zu schwül zumute wurde. Er nickte mir freundlich und aufmunternd zu, geleitete mich die Treppe hinauf, öffnete mir die Tür des Salons und meldete mich:

»Herr Baron von Schmidt!«

Da vernahm ich denn aus der Tiefe des bereits bei der Schilderung jenes Gesellschaftsabends erwähnten tropischen Zimmergartens ein sonores, wohlklingendes:

»Endlich!«

und entgegen meinem Herzklopfen rauschte die Frau Christine von Wittum, reichte mir die Hand und rief:

»Ich habe zu Ihnen geschickt, um doch *einen* Menschen zu haben, an dem ich mein Mütchen kühlen konnte. Welche ärgerlichen, verdrießlichen, langweiligen Tage! Aber Sie haben mich zu lange warten lassen, mein Herr; und

176

während des Wartens hab' ich mich eines andern besonnen: Lieber Baron, ich würde noch einmal zu Ihnen geschickt haben, um Sie bitten zu lassen, ruhig zu Hause zu bleiben, wenn mich diese fürchterliche Luft nicht vollständig unfähig gemacht hätte, nochmals die Hand nach dem Klingelzug auszustrecken. O ihr Götter, was alles muß man in dieser trostlosen Welt ausstehen!«

»Allerlei Art von Dasein, liebe Gnädige,« sagte ich.

»Und ist das nicht gerade die Dummheit? Weshalb allerlei Dasein? Was geht uns das anderer Leute an? Ich bitte Sie, was zum Beispiel hatten Sie sich in die Verhältnisse dieser guten Menschen, die seltsamerweise augenblicklich uns beide zu gleicher Zeit quälen und beunruhigen, zu mischen?«

»Ich habe mich nicht hineingemischt, meine Gnädige. Mit Behagen, Spannung,
Rührung, Trauer und —«

»Und? und?«

»Und Mißbehagen habe ich als Zuschauer dagestanden und wahrlich mehr guten
Rat empfangen als gegeben.«

»Sie behaupten also, mein Herr, mir das törichte Ding, dieses hübsche aber gänzlich unbedeutende Waldblümchen, diese Gertrud Tofote, aus welcher ich in einer Laune mein Püppchen, mein Spielzeug gemacht hatte, nicht genommen zu haben?«

»Mein Wort darauf!«

Es trat eine Pause in der Unterhaltung ein. Draußen in der Gasse trieb sich jetzt ein heißer Wind um, und die

Staubwirbel bis zu unserm Balkon in die Höhe.

»Schließen Sie doch die Balkontür, bitte,« sagte die Frau Christine. »Heute bin *ich* meinerseits in der Stimmung, alles um mich symbolisch zu nehmen und mich darüber zu ärgern.«

Ich lächelte, und —

»Lachen Sie nicht!« rief die gnädige Frau, in der Tat ziemlich aufgeregt; aber zurücksinkend kam sie auf meinen letzten Ausruf zurück.

»Ich muß Ihnen also wohl auf Ihr Wort hin glauben! O, wüßten Sie nur, wie sehr es mich innerlich angriff, als mir dieses alberne Trudchen den Stuhl vor die Tür setzte. Gütiger Himmel, etwas muß ich doch haben, um dieser tödlichen Langweile zu entgehen, und es machte mir doch wenigstens für einige Monate Spaß, diese kleine Intrige geschickt zu führen. Weshalb will sie denn meinen guten Vetter nicht? Der brave Seemann war ihr nie etwas; es wird ihr überhaupt niemals jemand viel sein können! Dem guten Vollrad kommt es darauf nicht an, und er ist wirklich außerdem gar nicht so übel. Wahrhaftig, lieber Freund, auch ich gebe Ihnen mein Ehrenwort, daß ich nicht — einzig und allein — aus erbärmlichen Philisterinteressen hier kuppelte. Baron, ich mußte einmal wieder etwas um die Hand haben, und, vertraulich gesagt, ich gebe den Faden auch noch nicht aus der Hand. Ich bin fest überzeugt, daß ich doch noch meinen Willen bekommen werde und zwar zum Besten aller dabei Beteiligten.«

»Das ist auch meine feste Überzeugung!« rief ich und sprach nie ein wahreres Wort. —

Das Gewittergewölk war unterdessen immer höher

emporgerückt und zwar von allen vier Weltgegenden her. Die schweren Dunstmassen legten sich immer dunkler eine über die andere, und jedermann sah nach seinen Fenstern und Fensterläden, oder warf bedenkliche Blicke am Blitzableiter empor, wenn ein solcher in der Nähe seiner Wohnung vorhanden war. Sorgliche Familienväter benutzten die günstige Gelegenheit, ihre Kinder auf die Vorsichtsmaßregeln, die von den denkenden Menschen bei einem Gewitter anzuwenden sind, und die so selten jemand in Anwendung bringt, von neuem aufmerksam zu machen. Alte und junge nervenschwache Weiber von beiden Geschlechtern atmeten nur noch in der Vorstellung, daß sich ja ein Keller unter dem Hause befinde, und — ich und die schöne junge Witwe dachten an gar nichts, sondern unterhielten uns von jener Zeit, wo die gnädige Frau noch einfach Christinchen Erdmann, das hübsche, kluge, lebhafte Töchterchen des Bergmeisters Erdmann zu Clausthal, und ich der eben von der Bergakademie Freiberg heimgekehrte Bergeleve Emil von Schmidt war.

Wir sprachen nicht über Neptunismus und Plutonismus, aber wir sprachen auch nicht über Platonismus; denn was den letztern anbetraf, so unterhielten wir uns eine geraume Zeit darüber: wer von unseren damaligen Bekannten und Bekanntinnen, Freunden und Freundinnen geheiratet habe, und wer nicht. Wir berührten auch ganz leise die delikate Erfahrung, daß die Zeit mit überraschender Schnelligkeit hingehe, und von diesem Absatze der Unterhaltung aufblickend, fanden wir es von neuem entsetzlich schwül.

Es verwirrte sich der Tag allgemach in meinem Gehirne mehr und mehr. Der heiße, schwermütige Gang und die helle unbarmherzige Sonne, das offene Grab und das halbzugeschüttete, der Meister Autor mit dem Thujazweige an dem Grabe, und dann der kühle, der kalte Cyriacushof, die dämmerige Stube der Base Schaake, in der die unheimlichen Kerzen nicht mehr brannten, wo aber Trudchen Tofote auf dem Spinnstuhle der Greisin neben dem trostlosen Hafenmeister saß! Und jetzt? Da rieselte, plätscherte inmitten des tropischen Gartens der kleine künstliche Springbrunnen, und die Goldfische im buntausgelegten Becken stiegen auf und ab in ihrem Elemente, schwänzelten hin und her, — fort und fort. Auf dem Rande des Beckens kroch oder klebte vielmehr eine handgroße Schildkröte, welche fortwährend leise den Kopf aus der Schale vorschob, um ihn ebenso leise und langsam wieder unter dieselbe zurückzuziehen, und ich sah auf das Tier, und mit einem Male überkam mich die stupid-stupende Vorstellung, wie angenehm es sein müsse, in solch ein Geschöpf einmal überzugehen und gleichfalls regungslos zu sitzen und von dem Rande der Flut in ähnlicher Weise dem Spiel, dem langweilig beweglichen Spiel der Gold- und Silberfische zuzusehen.

Unwillkürlich, mich gänzlich in dieser beneidenswerten Art der Metempsychose verlierend, schob auch ich den Kopf und Hals aus der Krawatte hervor und zog beides wie die geharnischte Kröte zurück; richtig, es ging bereits!… und mitten in der Schwüle, der schlimmen Schwüle des Abends perlten mir plötzlich die kältesten Angstschweißtropfen auf der Stirn: was ging es mich an, ob der Meister Autor Kunemund sein eigenes Leben habe? Hatte ich nicht auch das meinige?! Hatte nicht die gnädige Frau recht?

Was ging mich überhaupt der Meister Autor samt seiner Sippschaft an? Seit ich ihn kennen lernte, hatte er nicht ein einziges Mal etwas Außerordentliches gesagt — und getan noch weniger — —

Ich war nahe daran, ziemlich geringschätzig über den Meister Autor zu denken, als ein langhallender, aber sehr

180

ferner Donner durch den grauen, heißen Abend rollte. Dabei blieb es jedoch auch: das Gewitter kam durchaus in der Weise, wie es sich angekündigt hatte, nicht. Es krepierte.

Und die Frau Christine sprach währenddem immerfort freundlich weiter und unterhielt mich auf das liebenswürdigste. Der Meister Autor hatte mehrmals von dem Versinken der Gärten in dieser Welt gesprochen; das behielt freilich sein Recht, doch wer hinderte uns denn, in dem Grün zu lustwandeln und die Vögel singen zu hören, die Wasser springen zu sehen, solange es noch anging? Wer hinderte uns, die beste Obstbaum- und Gemüsezucht zu treiben, solange der fruchtbare Humus noch zutage lag? Spargel und grüne Erbsen, Melonen, Äpfel, Birnen, Pflaumen sind etwas recht Gutes und lohnen die Mühe und Arbeit, die man auf ihre Kultur verwendet. Wir sprachen gerade darüber ziemlich eingehend, das heißt, wir legten einander unsere Stellungen in der Gesellschaft klar und mit größtmöglichster Unbefangenheit dar und fanden von neuem aus, daß wir alle beide gar nicht verächtliche Gartenkünstler seien, sowohl was die Blumen- als was die Gemüsezucht anbetreffe. Signor Ceretto Wichselmeyer behielt einfach das letzte Wort; wie es geschah, weiß ich selber nicht genau anzugeben, aber das Faktum steht mir heute unumstößlich fest: ich sprach der Frau Christine von Wittum den Wunsch aus, frühere liebliche Tage in behaglicherer und gediegenerer Weise von neuem leben zu dürfen, worauf sie lachte und meinte, sie habe nichts dagegen einzuwenden.

Darauf wurden wir sehr ernst, unterhielten uns ungemein ruhig über das Glück der Ehe und setzten unseren Hochzeitstag fest. Wir hatten beide niemand um seinen Rat oder gar seine Zustimmung anzugehen; wir waren beide mündig — ich sogar sehr — und was noch wichtiger war, wir glaubten fest, es zu sein; und so — wurden wir zu Winters Anfang ein Paar, umzäunten ein neues Stück Erdenland und fingen von neuem an zu graben und zu pflanzen, wie Adam und Eva — sowohl dem Apfel des Glücks, wie dem Stein der Abnahme zum Trotz. —

Sechsundzwanzigstes Kapitel.

Als ich dem Herrn Kunemund am folgenden Tage, das heißt am Tage nach dem Begräbnis des Steuermanns Schaake, im Cyriacihofe meine Verlobung mitteilte, schien er sich im Anfange ein wenig zu wundern. Ich muß es ihm aber lassen, daß er sich rasch zu fassen und seinen Glückwunsch in gebührender Form abzustatten wußte.

»Sie werden doch unser Trudchen im Hause behalten, Sie und Ihre liebe Frau Gemahlin?« fügte er dann an. »Hier im Hofe findet sie sich eben in keiner Weise, das ist mir jetzt schon von neuem klar aufgegangen. Und was sollte sie bei mir und der Alten in unserm Dorfe? Das Kind ginge da einfach zugrunde.«

Ich beruhigte ihn in der Beziehung, und es blieb nicht nur Signor Ceretto in unsern Diensten, sondern auch Fräulein Gertrud Tofote behielt auch fernerhin ihren Unterschlupf im Hause der Frau Christine; bis sie nach unserer Verheiratung in mein Haus herüberkam. Es tat uns unendlich leid, als sie im nächsten Sommer schon aus demselben wieder fortging.

Wir verheirateten sie richtig mit unserm Vetter Vollrad von Wittum!

Wir verheirateten sie?... Der richtige Ausdruck ist das eigentlich nicht. Herr Autor Kunemund hatte nicht das geringste mit dem glücklichen Ereignis zu schaffen, ich wenig, meine Frau nicht wenig und das meiste die liebliche Braut selber. Wie viel oder wie wenig der Vetter Vollrad dabei beteiligt war, das zu berechnen werde ich einfach dem Guten selber überlassen.

Der Meister Autor kam nicht zur Hochzeit; aber wir schickten das junge Paar zu ihm. Wir ließen die jungen Leute beim Antritt ihrer Hochzeitsreise den kleinen Umweg machen, und Trudchen schrieb uns später von Schaffhausen aus sehr gerührt über den Empfang, den ihr und ihrem Gatten der arme gute Onkel bereitet habe. Der Vetter hängte an den Brief seiner kleinen Frau ein Postskriptum, in welchem er den Meister Autor für einen prächtigen Burschen erklärte, der ihn lebhaft an seinen verrückten seligen Onkel mit den Intaglien erinnert habe.

»Siehst du, Emil,« sagte meine kluge Frau, »man glaubt alle Augenblicke vor einer Wand zu stehen, um jedesmal zu finden, daß ein Weg um dieselbe herumführe.«

»Das ist ein Wort aus dem Lebensbuch des alten Kunemund, meine Beste,« erwiderte ich, und Frau Christine von Schmidt sprach:

»So?... Das habe ich nicht gewußt.« —

Es führt freilich stets ein Weg um die Mauer. Der gute treue Hafenmeister des armen Karl Schaake, die blauäugige Base im Cyriacihofe ging noch vorher aus demselbigen fort, ehe die Maurer und Zimmerleute kamen, um sie auszutreiben. Wir hatten uns ihretwegen so sehr vor dem ersten Schlag der Spitzhaue auf das alte Gemäuer gefürchtet, und — wie es sich nunmehr zeigte — ganz ohne Grund. Spitzhaue und Schaufel kamen zwar auch ins Spiel, aber die Base Schaake ließ sie ruhig gewähren, ließ sie still ihre wühlende Arbeit beginnen und endigen. Bei dieser Gelegenheit kam der Meister Autor noch einmal von seinem Dorfe in die Stadt, besuchte mich in meiner neuen Häuslichkeit, und da auch ich selbstverständlich der Base die letzte Ehre gab, so gingen wir wieder einmal auf einem und demselben Wege Schulter an Schulter.

»Denken Sie sich, die Alte wollte diesmal durchaus mit in die Stadt und die Gelegenheit benutzen, um unserm Trudchen eine Visite zu machen,« sagte er. »Diese unglückliche Kreatur, die sich kaum noch auf den Beinen hält und an der die Stimme und das Gemüte das einzige Unveränderte geblieben ist! Ich bin ihr wieder mal durch die Hintertür entwischt.«

Er sprach noch manches andere in der Art auf dem nachdenklichen Gange, daß ich mehr als einmal leise seine Hand aufgriff und sie ihm herzlich drückte, denn er zeigte mir durch diese seine Weise klar, daß ihm so wenig wie dem wirklichen Meister Autor, Wolfgang von Goethe, »ein Sarg noch imponieren könne.«

Von dem Grabe der Base weg machten wir der jungen Frau Gertrude von Wittum und ihrem Gemahl einen Besuch. Wir trafen das reizende Weibchen vor ihrem Pianoforte, an welchem sie eine in der Tat allerliebste Miene zu einem außergewöhnlich bösen Spiel machte. Den Vetter Vollrad störten wir aus einem etwas unerquicklichen Vormittagsschlafe vom Diwane auf. — Das junge Paar empfing uns in der herzlichsten, und, nachdem es sich ein wenig gesammelt hatte, auch heitersten, ja fröhlichsten Weise. Wir wurden gebeten, zu Mittage zu bleiben, aber Herr Autor Kunemund hatte bereits meiner Frau die Ehre zugesagt und hielt Wort. —

Signor Ceretto stand während der Mahlzeit hinter dem

Stuhle des Meisters und sorgte in einer so diabolischen Art
und Weise für die Bedürfnisse des Greises, daß ich es endlich
nicht mehr aushielt und den schwarzen Schlingel wieder
einmal zur Tür hinausjagte. Überhaupt gab mein
Hauswesen mir bei dieser Gelegenheit mehrfache Gründe,
mich zu ärgern; obgleich, alles in allem genommen,
Christine sich besser in den Alten und alle seine
Eigentümlichkeiten hineinfand, als ich zu Anfang vermuten
konnte. Bei der Suppe saß sie ihm noch recht steif und
frostig gegenüber; aber beim Braten schon kam sie behaglich
auf die gute Zeit zu sprechen, während welcher der Förster
Arend Tofote bei seinem schönen Kinde wohnte. Beim
Nachtisch überlief es mich wieder heiß und kalt; denn
nunmehr fing sie ganz leise und zärtlich an, unsern Gast
auszuholen, weshalb er damals zuerst das harmlose
Beisammensein gestört habe und bei Nacht und Nebel den
»Freunden« durchgegangen sei? Was sie wahrscheinlich
nicht erwartet hatte, trat ein: der Meister sagte ihr ganz
unbekümmert seine Gründe und wurde somit in
harmlosester, naivster Weise ganz fürchterlich grob und
ärgerlich.

Aber Christine faßte sich nach der Überwindung der ersten
Verblüffung mit bestem Humor.

»Es ist doch schade,« sagte sie, »wir hätten uns früher
kennen lernen sollen und dann genauer!« — —

Nun sind wieder zwei Jahre hingegangen. Heute wohnen
Vollrad und Gertrud »der Billigkeit,« »der Schönheit der
Gegend und der angenehmen Lebensweise« wegen in
Freiburg im Breisgau. Ich habe den höchsten Wunsch
meiner Frau erfüllt und bin mit ihr nach Berlin
übergesiedelt. Ceretto haben wir als eine Art von gutem
Genius mit uns dahin genommen. Was dieser schwarze
Sündenbock uns in unserer Ehe wert ist, läßt sich weder

wiegen noch messen; wir werfen ihn wie einen Federball zwischen uns hin und her, und er läßt es sich mit der besten Laune gefallen. Mir imponiert dieser kuriose Philosoph viel zu sehr, als daß ich es je einmal dahin gebracht hätte, ihn als meinen Bedienten ansehen zu können. — —

Vor vier Wochen sprach ich noch einmal bei Herrn Autor Kunemund vor. Er sah nie sehr gut und weit in seinem Leben, aber jetzt sah er fast gar nicht mehr. Die Alte lebte noch; aber sein alter Dachshund hatte ihm Valet gesagt, und —

»wie ich den Arend kenne, so wäre der imstande gewesen, mir auch diesen guten Freund auszustopfen und in einem Glaskasten hinzustellen. Damit ist es nun freilich nichts,« sagte der Meister auf seiner Schnitzbank nachdenklich den Kopf schüttelnd.

Er saß noch immer gern auf seiner Schnitzbank; doch das gute, künstliche Messer leistete kaum noch etwas in seiner Hand. Das Dorf aber handelte brav an seinem greisen, ins Nest zurückgekehrten Kuckuck; Langeweile konnte der Meister nicht haben, denn der Besuch von jung und alt riß nicht ab, auch nicht während meines Aufenthaltes bei ihm.

Um Mittag brachte er mich auf den Feldweg zur nächsten Station, und unter einer Eichengruppe nahmen wir Abschied voneinander, wahrscheinlich für immer. Er war alt, und der Weg zu ihm mit einigen Unbequemlichkeiten verknüpft. Wie oft auch noch während seiner übrigen Lebenszeit ich von dem Bahnzuge aus sein Dorf in der Ferne daliegen sehen mochte: es stand dahin, ob ich noch einmal einen Lebenstag auf einen Besuch bei ihm verwenden würde.

Zum Schlusse machte der Alte selber eine dahin bezügliche

Bemerkung.

»Alles ist in der Welt vorhanden,« sagte er, »aber nichts an
der richtigen Stelle. Da ist es denn keinem zu verargen, daß
er sich eben drein findet und zugreift, wie es sich schickt.
Was mich angeht, so verdenke ich es niemandem, wenn er
seinen Garten bestellt, wie es ihm am nützlichsten scheint.
Außerdem aber, Herr Baron, meine ich, daß, da über eines
jeglichen Felder, Ansichten, Taten und Werke die Fußsohlen,
Pferdehufe und Wagenräder der Nachkommenschaft doch
endlich einmal weggehen, es gar keine Kunst ist, das Leben
leicht und vergnügt und die Erde, wie sie ist, zu nehmen.«

»Sie haben gut reden, Meister!« erwiderte ich etwas gedrückt
und fuhr nach
Berlin zurück, oder vielmehr, einer Verabredung mit meiner
Gattin zufolge,
zuerst bis Potsdam. Meine Frau erwartete mich am Bahnhofe
und zwar in
Begleitung einer lieben, aber etwas leicht verletzbaren Tante
— einer
Erbtante, der wir am folgenden Morgen den Garten des
alten klugen Königs
Fritz zu Sanssouci zu zeigen hatten. —

www.ingramcontent.com/pod-product-compliance
Lightning Source LLC
Chambersburg PA
CBHW022354020726
47500CB00002B/265